KB122251

그 · 러 · 길 · 잘 · 했 · 어

그러길 잘했어

지은이 | 박순희
초판발행 | 2015년 12월 5일
등록번호 | 2007년 6월 15일 제3호
등록된 곳 | 충북 청주시 청원구 북이면 내수로 796-68
발행처 | 대한출판
출판부 | TEL. (043)213-6761 / FAX. (043)213-6764

책 값은 뒤표지에 있습니다.
ISBN 979-11-5819-025-5   03810

그러길 잘했어

| 박순희 에세이 |

대한출판

고집으로 살아번 삶의 편린들

어른이 되면 무언가를 이웃들에게 나누어 주며 사는 것이 인생이라고 사춘기 소녀는 생각했다. 그리고 자신이 나누어 줄 수 있는 것은 '물질'이 아니라 '진리'이고 싶었다. 어느덧 소녀는 황금벌판 같은 노년의 문턱에 와 있다.

속도가 싫어서 운전을 배우지 않았는데 60 고개에 다다른 지금, 시간도 60의 속도로 내달리고 있다. 이 지구 열차에서 내릴 준비를 시작해야 할 나이란 생각이 든다. 황금들판의 무르익은 낟알들을 알뜰하게 거두어, 찾고 구하는 이들에게 한 됫박씩 퍼 주고 싶은 아름다운 가을이다.

몇 년 전(2009.7~2013.4) 충청일보 '백목련' 코너에 실었던 글들을 한 자리에 모아 책으로 엮는다. 왜 살지? 어떻게 살아야 하지? 인생이란 무얼까? 진리는 과연 있을까? 끝없는 질문을 하며 답을 찾으며 살아온 삶의 순간들이 800자에 담겼다. 물질을 쌓는 마음이 아닌, 진리를 사모하는 마음이

'행복한 가정, 행복한 사회, 행복한 나라'를 이루어내는 근간
이 될 것임을 믿는 고집으로 살아낸 삶의 편린들이다.

　'물질'을 향해 달음질하는 시대 속에서, 끊임없이 일상의
궤도를 수정하며 '진리'를 향해 나아가는 발걸음은 계속될
것이다. 희로애락을 함께 하며 동행이 되어준 가족, 친지,
이웃들과 여기까지 인도하신 예수그리스도께 감사드리는
따뜻한 을미년 겨울이고 싶다.

2015년 11월

예순 번째 생일을 앞두고

박 순 희

1.
봄

2. 여름

4.
겨울

1. 봄

아홉 살 때 시작된 행복

초등학교 2학년 때의 일이다. 2교시가 끝나고 아이들이 우루루 교실에서 나간 뒤 3교시 국어책을 꺼내 펴고 읽던 그 순간 내 인생을 지탱해 줄 뿌리 하나가 발아되기 시작했다.

『석수장이』이야기였다. 불볕 아래서 돌을 다듬고 있던 석수장이가 머리 위에서 위력을 발하는 태양을 보며 태양이 되면 얼마나 좋을까 생각하는 순간 태양이 되고, 계속해서 더 힘이 세어 보이는 것들-구름, 바람, 바위가 되어 보다가, 바위를 다듬으려고 다가서는 석수장이를 보며 석수장이가 가장 힘이 세구나 생각하며 다시 석수장이가 되어 즐거운 마음으로 일한다는 줄거리로 기억된다.

그 이야기를 읽으며, 등굣길에 떡볶이, 아이스케키를 사 먹는 친구들을 부러워하는 내 모습, 양 갈래로 길게 땋아내린 머리에 흰 피부, 예쁜 옷을 입고 다니는 몇 안 되는 부유한 친구들을 부러워하는 내 모습이 떠올랐다. 석수장이가 나보다 더 힘센 것을 부러워하는 것처럼 나도 그렇게 나에게 없는 그들의 것들을 부러워하는 아홉 살 어린이였다.

석수장이가 부러워하던 것들이 다 되어 보았지만 그들은 그들대로 만족함이 없이 또 다른 무엇을 부러워할 수밖에 없음을 보며 나는 '부러워하던 마음'을 버리기로 했다. 부러워한다고 그들과 같이 되는 것이 아니며, 그들 또한 내용은 달라도 무엇인가를 부러워하고 있는 중이라고 생각하니 굳이 그들을 부러워할 필요가 없는 것 같았다. 그리고 '석수장이가 가장 힘이 세구나' 깨닫고 이마에 흐르는 땀을 닦으며 자기의 일을 계속하는 석수장이를 보며, '그래, 우리 집이 아무리 가난해도 내게는 최고의 보금자리인 거야'라고 되뇌고 있었다.

녹음이 무성해져 가는 계절 고즈넉했던 10분간의 쉬는 시간은 지나갔고, 불평할 줄 모르는 아이의 행복은 시작되고 있었다.

새 소리

아침에 일어나 창문을 열면 새 소리가 첫 손님이 되어 방문한다. 길을 걸으며 듣는 한 떼의 새 소리들은 클래식 연주의 흥취를 자아내기도 한다. '새', 누가 처음 '새'라고 이름 불렀을까. 입 안에서 '새, 새, 새' 되뇌어 보니 재미있다. 하늘과 땅의 '사이'에 존재하는 사물이기에 '새'라고 했을까. 어디든 자유롭게 날아다니며 늘 '새로운' 세상을 경험하는 생명이기에 '새'라고 했을까.

초등학교 운동장을 마주하고 있는 우리집을 방문한 손님이 때마침 운동장에서 들려오는 아이들 소리를 들으며 시끄럽지 않느냐고 물었다. 그 질문에, 나는 내가 아이들의 소리를 '새' 소리인 양 들으며 즐기고 있음을 알았다. 머리 위 하늘에서 들려오는 새 소리에 기분이 좋아지듯이 운동장에서 들려오는 아이들의 소리에 또한 기분이 좋아진다. '새' 소리는 늘 '새 소리'이기에 들으면 기분이 좋아지는 걸까.

오늘이 새 날인 것을 기억하며, 아직 살아보지 않은 '오늘'의 순결함을 잃지 않으려고 애쓰며 사는 사람은 누구일까. 하늘의 구름들이 태곳적부터 이 시간까지 단 한 순간도 같은 적이 없었던 것처럼, 우리의 하루가 그렇게 매순간 새 시간, 새 날인 것을, 때 묻지 않은 순백의 도화지 같은 선물인 것을 고백하며 사는 사람은 누구일까.

시간과 함께 생각도 흘러야 한다. 과거의 기억 속에 주저앉아 어제의 일들을 곱씹으며 '오늘'이라는 시간을 방치해선 안 된다. 아침밥을 먹고 일터로 학교로 출발한 가족들의 하루가 질서 있고 평안한 새 날이 되기를 소망하며 자리에서 일어나 청소를 하며 콧노래라도 부를 일이다. 그러다 보면 뜻밖의 새로운 생각이 솟아오르는 새 날의 기쁨을 누리게 될 것이다. 새 날의 기쁨을 노래하며 하늘을 날아다니는 새들처럼…. 운동장에서 목청껏 소리치며 자유롭게 뛰노는 이 땅의 건강한 아이들처럼….

우리를 이끌어가는 말

신문사 원고 청탁을 받으면 거절하지 못하는 이유가 있다. 7년 전, 헤어진 지 15년 뒤쯤 만난, 읍 소재 J여고 제자와 이 말 저 말을 주고받는 중에 듣게 된 한 마디, 신문을 볼 때마다 선생님이 쓰신 글이 있을 것 같아서 찾는다고 했다. 매번 실망했을 제자에게 미안했고, 갚아야 될 빚처럼 그 말이 마음에 남아 있다.

그 제자는 무슨 이야기가 듣고 싶었을까. 여러 번, '종례 후 밖에 나가 나쁜 짓(?)을 해야지.' 계획해 놓았지만 막상 밖에 나가면 선생님 얼굴이 떠올라, '그러면 안 돼!' 하며 곁길로 가지 않았다고, 남 얘기하듯 가볍게 이야기하던 그 제자는 지금 무슨 이야기가 듣고 싶을까. 큰아이가 중학생이 되도록 한 자리에서 남편과 함께 문구점을 경영하고 있는 그 제자는 어떤 이야기를 들으면 신이 나고 힘이 날까.

사실은 그 제자의 살아가는 모습을 생각하면 내가 신이 나고 힘이 난다. 세상과 손잡지 않고 올곧게 사느라 경제는 넉넉지 않으나, 두 아이의 엄마가 되어 행복한 가정을 이루고 오순도순 사는 모습이 대견하고 훌륭하다. '선생님이라면 이럴 때 이렇게 하셨을 거야'하며 살아왔다는 독백이 아니더라도 그 제자의 믿음직하고 지혜로운 말이 듣고 싶어 근처를 지날 때면 문구점을 기웃거린다.

나는 요즘 '말하기'를 연습중이다. 말을 아껴서 천금보다 값지게 사용하고 싶다. 입만 벌리면 튀어나오는 자랑하는 말을 줄이고 싶다. 남의 말을 들으며 판단하는 속엣말을 잠재우고 싶다. 모든 생명의 존귀함을 기억하며 낮고 부드러운 목소리로 말하고 싶다. 언제나 긍정적인 말로 표현하고 싶다. 왜냐하면 말이 우리를 이끌어가기 때문이다.

비둘기의 부리질

놀빛이 아직 살아 있는 저물녘, 서점을 향해 걷는 길이었다.

집 앞 버스 정류장 의자 곁에 비둘기 세 마리가 인기척에도 아랑곳하지 않고 부지런히 바닥을 쪼고 있다. 뭘 하나 눈여겨보니 말라죽은 지렁이를 뾰족한 부리 끝으로 '콕콕콕' 쪼고 있다. 부리질이 빨라질수록 보도블럭이 깨끗해져간다. 지렁이가 징그럽다는 생각에 앞서 '저렇게 해서 땅이 깨끗해지는 거구나!' 하는 감탄과 함께 '비둘기에게 이제껏 한번도 고마움을 느끼지 못하고 산 것은 잘못이었다'라는 생각이 뒤따랐다.

번잡한 상가지역을 두리번거리며 걷다가, 「50%세

일」이라는 문구에 이끌려 옷가게 문을 밀었다. 이 옷 저 옷 들추고 만지고 하다가 돌아서서 문을 밀고 나올 때 '살 마음도 없이 이곳에 들어와 시간을 보내고 나가는 것은 잘못이었다'라는 후회가 머리를 들었다.

사람들이 붐비는 네거리 신호등 곁에서 고양이 두 마리가 머리를 맞대고 무언가를 정신없이 핥고 있다. 무얼 저렇게 맛있게 먹을까 궁금해 하며 고개를 늘이니 누군가가 토해 놓은 오물이었다. '이렇게 해서 세상이 깨끗해지는 거구나!' 사람을 경계하는 듯한 고양이를 나도 경계하는 눈빛으로만 쳐다보고 산 것이 잘못이었다는 생각이 들었다.

인생의 황혼녘을 지나면서 발견하는 '잘못'들을 어찌할까. 잘못인 줄 모르고 잘못한 일들이 얼마나 많을까. 그 잘못들을 제대로 깨닫기나 하게 될까. 월말고사 준비로 후끈거리는 중1 교실에서 『인생이란 무엇인가』라는 책을 펴놓고 답을 찾으며 읽던 순간이 지금도 내 안에 살아 있는데, 오늘 문득 답이 보인다. 「인생은 잘못이다」

엄마, 공부는 왜 하는 거야

신성일, 엄앵란이 신랑, 각시가 되던 해에 중학생이
되었다. 쉬는 시간의 주 화제였고, 내겐 이름조차 생소
했던 그들 이야기로 시끌벅적한 교실의 소음이 날 도
서관으로 밀어냈다. 학교 도서관에 사서교사가 상주하
고 있어서 쉬는 시간에도 출입이 가능했다.

무슨 책을 읽을까 고민하다가 최초의 현대소설이라
고 배운 이광수의 '무정'을 골랐다. 두 페이지를 넘기
지 못하고 포기했다. 배경이 묘사되는 발단 부분을 읽
으며 소설에 대한 흥미를 잃었다. 남이 상상해 낸 이야
기를 굳이 읽을 필요가 있나, 내가 상상하면 되지 하는
좁은 소견에서였다.

'위인전'을 읽기로 했다. 거기에는 훌륭한 삶의 모습들이 들어 있고, '어떻게 살아야 되나'에 대한 답이 있을 것 같았다. 슈바이처, 퀴리부인, 안창호, 플루타르크 영웅전 등 눈에 띄는 대로 읽었다.

수업 시작을 알리는 종소리에 도서관에서 교실로 향하던 중, 위인들의 공통점이 깨달아졌다. 그들은 어려운 환경을 극복하며 비범한 노력을 기울였고, 그 능력과 노력의 열매로 남들을 살렸다. '인생은 남을 위해 사는 것'이었다.

교실에 앉아 생각하니 내가 줄 수 있는 것은 아무것도 없었고, 내가 할 수 있는 것은 공부밖에 없었다. 수업 시간을 기다렸다. 나중에 무엇인가를 줄 수 있는 능력 있는 미래를 꿈 꾸며…. 황무지의 마른 풀 같은 내게 '공부'는 '푸르른 꿈'이었고 '유일한 희망'이었다.

"엄마, 공부는 왜 하는 거야?"라고 질문하는 초등학교 6학년 아들을 둔 엄마에게 이 이야기를 들려준다면 얼굴이 조금은 밝아질까.

물과 하나 되어

    무더운 8월, 맑은 계곡물에 발을 담그고 물과 하나가 되어 보리라 마음먹고 있는 중에 '상선약수(上善若水)'라는 문장과 만났다. 상선은 물과 같다고 하니 발을 담그고 물과 하나가 되는 것은 가장 착한 것과 하나가 되는 걸까.

    청천 사담 뙤약볕 아래서 그리워하던 물과 하나가 되었고, 금관 솔숲 시냇물에 발을 담그고 앉으니 소낙비와 더불어 산수화의 한 점이 되었다. 심장병을 앓는 학생이 체육시간에 운동장 가에 앉아 운동하는 친구들을 구경하듯이 작년까지는 물가에서 물놀이하는 사람들을 구경했는데 올 여름 나도 물과 하나가 되었다. 물과 하나가 될 수 있을 만큼 심신의 힘이 충전되었나 보다.

연합-하나됨의 의미를 생각해보는 여름이다. 오랫동안 '분열'의 모습을 지켜보아야 했기 때문일까. 나라를 든든히 떠받치는 믿음직한 기둥이 되어주어야 할 인재들의 아전인수식 발상, 인화(人和)가 근본인 공동체 내의 치열한 반목, 이권(利權)이 존재하는 곳마다 곡해(曲解)와 분열이 끊이지 않는 이기주의에 염증이 났나 보다.

발목을 어루만지고 흘러 낮은 곳으로 향하는 물길을 바라보며 물의 가르침을 듣는다. 한결같이 낮은 곳을 지향하여 나아가는 거야. 이(利)를 얻으려고 가난한 자를 학대하는 자와 부자에게 주는 자는 가난하여질 뿐이야(잠22:16). 내게 오는 모든 것들 편애하지 말고 그 모습 그대로 받아 부드럽게 안고 흐르는 거야.

사막처럼 팍팍했던 봄과 여름이, 긴 장마로 넉넉해진 물과 하나가 되어, 열매가 익고 뿌리가 깊어지는 풍성하고 아름다운 가을 겨울로 이어지기를 기도하는 나는, 이 여름에 물과 하나가 된 걸까.

자랑 본능

　상대방이 자랑하는 말을 들으면서 내 마음이 불쾌해지는 것을 느끼며 그때마다 막연하게 '자랑하면 안 되겠구나. 내가 자랑할 때 상대방은 이렇게 마음이 불편하고 불쾌해지겠구나! 자랑하지 말자'는 다짐을 하곤 했었다. 남에 대한 말-험담-을 하지 않고, 나에 대한 말-자랑-을 하지 않으니 자연 사람들과 함께 있는 자리에서 할 말이 없게 되었다. 듣기만 하면 후회할 일이 생기지 않아 마음이 편했고 어느새 듣기를 좋아하는 사람이 되어 갔다.

　베란다에서 자라는 영산홍에 꽃봉오리가 보기 좋을 만큼 부풀어 오른 어느 날 아침, 식탁에 앉은 남편에게 꽃봉오리 좀 보라고 신이 나서 말을 하다가 '아, 사람 속에는 자랑하고 싶은 본능이 있구나!' 하는 생각에 가슴이 서늘해졌다.

그 일 후에 사람들과 대화하면서 '아, 사람 속에는 자랑하고 싶은 본능이 있구나!' 하는 생각을 확인할 수 있었다. 잘했다고 생각하는 일들을 신이 나서 이야기하는 것이 주고받는 내용들의 대부분이었다. 이제는 그들의 자랑을 불쾌함 없이 담담하게 들어 줄 수 있는 마음의 여유가 생겼다. 우린 누구나 저렇게 말하고 싶어 하는 -자랑하고 싶어하는- 본능을 지닌 존재임을 알았기에….

사람에게 자랑 본능이 있음을 더 일찍 알았더라면 덜 상처받고 덜 미워할 수 있었을 텐데. 사람에게 자랑 본능이 있음을 더 일찍 알았더라면 더 이해하고 더 용서하고 더 사랑할 수 있었을 텐데. 사람에게 자랑 본능이 있음을 더 일찍 알았더라면 음악 치료, 미술 치료, 웃음 치료, 심리 치료, 기 치료 이런 말들이 생겨나지 않았을 텐데 하는 생각이 밀물처럼 밀려들었다.

가을 단상(斷想)

　사람이 사는 일이 '의식주' 문제를 해결하는 것 이상의 무엇일 거라고 생각하며 그 무엇을 찾아 헤매다가 오십대 중반이 되었다. 빗질을 하는데 희끗거리는 머리카락이 나무 꼭대기에서 붉게 물들기 시작한 나뭇잎처럼 눈길을 붙잡는다. 인생의 가을이다.

　그래 그런지 '열매'라는 단어가 친근하다. 지인(知人)의 수상 소식이 '열매'로 다가와 발갛게 잘 익은 사과 하나를 손에 쥔 듯 뿌듯하고, 친구 자녀들의 혼사 소식이 탐스럽게 잘 익은 향긋한 '열매'로 안겨져 그동안 베풀었을 부모의 수고와 인내에 홀로 감격한다. 모임에 나오라는 연락이 오면 모임의 배경이 되어 주겠다는 마음으로 흔쾌히 참석한다는 친구의 말을 들으며, 성실하게 살아온 사람의 마음에 결실된 귀한 '열매'로 느껴져 존경의 마음이 솟는다.

올 가을에 거둔 열매 중 하나는, 설거지를 하지 않으면 밥을 먹을 수 없고 밥을 먹지 않으면 살 수 없으니 설거지하는 일이 숨 쉬는 일만큼 중요한 일이라는 진리다. 빨래, 설거지, 청소, 의식주는 날마다 반복되는 똑같은 일이고 힘은 들어도 사람을 살리는 소중한 일이었고, '사는 일'이었다. '살림'이라 불리는 이유를 터득한 올 가을엔 즐거운 마음으로 '살림꾼'이 되어 보리라 마음먹는다.

또 하나의 열매는, 생각과 마음이 하나가 아니라는 발견이다. 생각은 앞으로 나아가기를 원하는데 마음은 제 자리에 눌러 앉아 있기를 원한다. '청소해야 하는데'라고 생각하지만 마음이 미동도 하지 않아 공수표를 날리거나, 마지못해 시간에 끄을려가는 형국으로 청소를 하거나 하는 것이 내 삶이었다. 활기가 부족하고, '소극적'이라는 꼬리표를 달고, 그게 나인 줄 알고 살아온 반평생이 투명하게 보이는 가을이다.

꿈꾸는 가을 나무

고층 아파트 사이로 남겨진 손수건만한 서쪽하늘에 저녁놀이 붉다. 다음엔 저녁놀이 한눈에 다 들어오는 그런 집에 살았으면 좋겠다. 부족함은 나를 꿈꾸게 한다.

중2때, 호감이 가는 짝의 간곡한 권유로 교회 문 앞까지 따라갔다가 돌아온 적이 있다. 예수를 믿으면 천국에 가고, 믿지 않으면 지옥에 간다는 말을 그 무렵 그 친구에게서 듣지 않았을까. 내게는 죽어서 가는 천국과 지옥보다 살면서 겪는 천국과 지옥의 문제가 더 절실했기에 예수보다는 진리를 구했다. 사는 동안 천국을 누릴 수 있는 진리를….

천국을 꿈꾸며 찾아 헤맨 것을 보면 그 당시의 생활이 지옥에 가까웠나 보다. 5년 여 병상에서 고통당하다 세상을 떠난 아내와, 남겨진 열 살 안팎의 어린 4 남매를 감당하기에 힘이 드셨을 아버지는 버스 운전을 하며 고된 일상의 비애를 술로 푸셨다. 저녁에 누워 생각하면 살얼음을 딛고 건너는 아슬아슬함과 풍전등화 같은 위태로움이 엄습해 왔다. 그래서 꿈꾸며 시간을 채워갔을 게다. 힘든 아버지를 기쁘게 해 드리는 꿈, 가족들을 행복하게 해 주는 꿈….

「청개구리」 동화를 떠올리며 아버지께 순종하는 연습을 하니 아버지가 기뻐하셨다. 웃을 일이 없는 일상에서 웃어 보고 싶은 날은 일찍 일어나 마당을 쓸었다. 깨끗해지는 마당만큼 내 마음이 덩달아 깨끗해졌고, 깨끗해진 마당을 보는 식구들의 마음에 희망이 솟기를 염원하며 구석구석 정성들여 쓸던 어린 시절의 기억이 새롭다.

그 후 20년 뒤, '길이요 진리요 생명'이신 그분-진리를 만났고, 다시 20년이 지난 지금은 그분의 말씀-진리로 곱게 물든 가을 나무이기를 꿈꾼다.

겨울 마중

　세수한 얼굴에 스킨과 로션을 바르고 반 이상 줄어든 크림을 손가락으로 찍어내다가 화장대에 즐비하게 늘어서 있는 화장품들을 보며 깨끗이 비워져서 하나하나 치워지는 행복을 상상한다. 말끔히 비워져 그 자리를 떠나는 것이 그들의 존재 이유이고 목적이다.

　쌀독에 쌀이 줄어들고 냉장고가 비어가는 것은 그만큼 열심히 살았다는 증거 같아서 행복하다. 책꽂이에서 책이 뽑혀 나가 헐렁해지는 것은 주인에게 다 읽혔고 누군가에게 전할 만큼 가치 있는 책이라는 의미이기에 행복하다. 볼펜 잉크가 줄어드는 만큼 행복한 것은 누군가의 가슴에서 사랑과 용기와 희망으로 꽃피고 열매 맺을 무성한 글자로 살아났기 때문이다.

찬바람이 불어오니 얼굴이 건조해져서 크림을 발라도 당기고 잔주름이 잡히는 얼굴을 들여다보며 내 삶의 길이도 하루만큼씩 줄어들고 있음을 깨닫는다. 나도 화장품처럼 내 안의 생명력이 다하는 날 이 자리에서 치워지게 될 것이다. 나도, 끝까지 읽히고 다른 사람에게 귀한 선물이 되어 지경을 넓혀가는 좋은 책처럼, 주인 손에 애용되어 선한 열매를 맺는 질 좋은 볼펜처럼, 끼니때마다 따뜻한 밥이 되어 가정의 행복을 가꾸어주는 쌀독의 쌀처럼 그렇게 하루를 살면서, 내 일생의 하루가 줄어들어서, 일 년이 줄어들어서 기쁘고 행복했으면 좋겠다.

'어리석은 자의 노년은 겨울이고 지혜자의 노년은 황금기'(탈무드)라고 한다. 봄의 수고와 여름의 인내로 이루어낸 들녘의 황금물결을 타고 찬바람이 다가와 창문을 닫게 하지만 마음의 문만은 활짝 열어 놓고 겨울을 맞이해야겠다.

사랑을 위하여

'즐겁다'는 느낌이 솟구쳐 오른다. '기쁘다'는 말은 많이 사용하지만 '즐겁다'는 말은 잘 사용하지 않았다. 즐거운 감정이 메말랐기 때문이다. 그런데 오늘 내 마음이 즐겁다.

사는 일이 무엇인지 생각하고 생각하기를 수십 년 한 결과 얻은 결론은 먹고 입고 자고 하면서 사랑하는 일이었다. 무엇 대단한 것이 숨어 있나 해서 찾고 찾았지만 그 이상도 그 이하도 아니었다. 할머니를 본 삼아 어머니가 사시고 어머니를 흉내 내며 내가 살고 있는 모습을 인정하니 하루를 어떻게 살아야할지 감이 잡혔다.

이제까지는 마지못해 잠자리에서 일어났고 마지못해 밥했고 마지못해 청소했고 마지못해 빨래를 했다. 꾸역꾸역, 마지못해 하는 일들은 늘 힘이 들었다. 눈은 하늘의 구름과 달과 별들을 향했고 손과 발은 땅 위의 일에 느리고 서툴렀다. 소리 없이 끊임없이 쌓이는 먼지는 나를 슬프게 했다.

그런데 이제 생각이 바뀌고 삶이 바뀌었다. 묵직한 슬픔의 옷을 벗고 즐거움의 옷으로 갈아입었다. 시간에 끄을려가는 삶이 아니라 시간과 함께 능동적으로 걷는 삶이 옳았다. 잠에서 깨면 감사하며 일어나, 물로 목을 축이듯 말씀으로 영혼을 적시고, 사랑을 섞어 밥을 짓고, 청소하며 찬송하고, 빨래하며 기도하고, 선물로 받은 하루를 알뜰하게 남김없이 '사랑을 위하여' 사용하는 것이 선한 일이었다.

내가 꽃을 들여다보며 좋아할 때 나를 바라보며 미소 짓는 분이 계셔서 행복하다. 내가 즐겁게 일할 때 기쁨으로 나를 바라보는 분이 계셔서 행복하다.

슬픔에 관하여

마음의 창을 통해 세상을 본다. 내가 즐거우면 새가 노래하고, 내가 우울하면 새가 운다. 내 마음이 햇살로 가득하면 모든 것이 제 빛깔대로 아름답게 보이지만, 내 마음에 그늘이 드리워져 있으면 눈앞의 사물들도 제 빛을 잃는다.

슬픈 이야기를 듣고 슬픔이 깊고 길게 머무는 것은 그의 슬픔이 내 안에 고여 있는 슬픔의 마중물이 되었기 때문이다. 슬픈 노래를 듣지 않아도 슬프고 슬픈 영화를 보지 않아도 슬픈 것이 일상이기에 슬픈 노래는 부르지 않으며 슬픔을 애써 외면하며 산다. 그러다 보니 마르지 않을 듯한 슬픔이, 햇살 좋은 날 앞마당 빨랫줄에 널어 꾸둑꾸둑하게 말린 빨래처럼 말랐다고 생각하며 살고 있는데, 마음 속 어딘가에 마르지 않는 슬픔의 샘이 숨어 있나 보다. 사막 어딘가에 우물이 숨어 있듯이….

슬픔은 사람을 아름답게 만든다. 흘리는 눈물이 눈동자만 적시는 것이 아니라 먼저 마음을 적시며 흐른다. 팍팍했던 마음이 단비에 젖듯이 촉촉해지고, 마른 땅처럼 단단했던 마음이 물기를 머금은 동산처럼 부드러워진다. 새순이 돋듯이 새 마음이 돋을 준비가 된다.

슬픔을 마르게 하는 것도 내 안에 있다. 눈물로 조약돌처럼 말갛게 씻긴 생각들이 몸을 추스르게 한다. 눈물을 흘리고 난 뒤에 마음이 차분해지고 뭔가가 잘 될 것 같은 예감에 휩싸이게 된다. 나를 슬프게 하는 것들을 나는 사랑한다.

현관 이야기

현관이란 '양식 집채의 정면에 낸 문간'이라고 사전에 설명되어 있다. 집으로 들어가는 입구이고, 집에 대한 첫인상을 느끼는 곳이다.

10대 시절에 들은 현관 이야기가 50대를 지나고 있는 지금까지 줄곧 영향을 미치고 있다. 수업시간 어느 선생님으로부터 들은 이야기일 게다. 현관의 신발들을 바르게 정돈해 놓아야 한단다. 밤에 악귀가 이 집 저 집 다니다가 현관 신발들이 깨끗이 정리되어 있는 집에는 들어가지 않는단다. 병을 일으키고 재앙을 불러오는 악귀를 쫓는 방법이 참 쉽다고 생각하며 그날 이후 신발을 바르게 놓는 버릇이 생겼다.

며칠 전, 몇 사람이 모인 자리에서 들은 현관 이야기가 또 나를 긴장시켰다. 풍수상으로도 현관은 하루에 한 번 물걸레로 닦아야 좋다고 한다. 뭐가 좋은지 자세히 언급하지는 않았지만 그래야 재물이 들어온다는 느낌을 받았고, 모두 알겠다는 듯 고개를 끄덕였다. 신발을 바로 놓을 줄만 알았지 현관 청소는 소홀했는데, 비교적 객관성이 있다고 느껴지는 풍수설을 앞세운 현관 이야기가 충격으로 다가왔다.

나이가 들어 열매 맺지 못하는 사과나무에 농부가 못을 여덟 개나 박은 그 해에, 녹슨 못을 박으니까 충격을 받아서 자신이 할 일을 기억하고 맛있는 빨간 사과들을 풍성하게 맺었다는 '사과나무의 충격' 이야기처럼, 현관 물걸레질 이야기는 내가 할 일을 기억하게 해주는 충격이었다.

늙은 사과나무가 충격을 받아 맛있는 빨간 사과들을 맺었듯이, 현관을 물걸레질하며 기다리자. 이로부터 시작될 좋은 일들을….

마음벽에 울리는 소리

아침 설거지를 하는데, 아침밥을 먹고 닦아준 구두를 신고 출근한 남편 모습이 떠오르며 슬그머니 서운한 생각이 고개를 들어 마음이 스산할 때 '상은 아버지께 받는 거다'라는 소리가 마음벽에 울렸다.

그 말씀에 마음이 곧 평안해졌다. 더 이상 서운할 것이 없었다. 돌이켜 생각해보니 나의 수고에 대해 남편에게 보상받고 싶어 하는 마음이 있었고 그것이 채워지지 않자 고개를 쳐든 서운함이었다. 나를 얽어매고 있던 밧줄 하나가 끊어져나간 것처럼 마음이 가벼워졌다.

청소를 하면서 다림질을 하면서 계속 주문처럼 외었

다. '상은 아버지께 받는 거다. 난 내가 해야 될 일, 최선을 다해 사랑하기만 하면 된다. 남편이, 자녀들이, 이웃이 알아주지 않아도 괜찮다.' 그러고 보니 예수님께서 우리를 사랑하여 십자가를 지셨을 때 아무도 예수님에 대해 칭찬하거나 고마워하지 않았다. 그래도 예수님은 서운해 하거나 섭섭해 하신 흔적이 없다.

우리는 누군가에게 무엇인가를 베풀었을 때 베푼 만큼 돌아오기를 기대한다. 그러나 현실은 그렇지 못해서 베푼 그것으로 인해 오히려 서로 간에 갈등이 생기고 불화의 근원이 되기도 한다. 그래서 주어도 행복하지 않고 받아도 행복하지 못한 채 소설보다 더 소설 같은 갈등의 연속인 삶을 살아가기도 한다.

한 해를 마무리하며 풀지 못한 갈등들이 "하나님께 나아가는 자는 반드시 그가 계신 것과 그를 찾는 자들에게 상 주시는 분이심을 믿어야 한다"는 성경 말씀 안에서 풀리어가고, "사는 일이 재미있는 것 같다"는 고백으로 인사를 주고받는 화목한 연말이 되기를 소망하며, 마음벽에 울리는 소리에 귀를 기울인다.

아버지의 마음

　남부터미널 '셀프커피 500원' 상점 앞에서였다. 한 발 앞서 커피를 저으시는 분의 커피 값을 포함하여 천 원을 가게 주인에게 내주었을 때, 60 가까워 보이는 시골 아저씨는 "왜 나 같은 놈에게…"하며 목이 메는 감격을 내게 돌려주셨다. 대신 내드리고 싶은 마음이 일었고 적은 돈이라 두 번 생각할 것도 없었는데 그분은 '이해할 수 없는 크기의 감사'로 받아들였다.

　노점에서 만 원 주고 산, 몇 년 묵은 등산화 밑창이 벌렁거려서 구두 수선집에 들고 갔다. 수작업을 해야 돼서 만오천 원을 받아야 한단다. 그냥 들고 나와야 될지 맡겨야 될지 망설이다가, 손님 없이 무료하게 앉아 있는 수선공의 공허한 눈빛에 이끌려 수선을 결정했다. 수선공은 선불을 요구했고, 선금을 주고 등산화를 맡겼다. 며칠 동안, 만오천 원이면 노점에서 새 등산화를 살 수 있을 텐데 하는 아쉬움과 눈을 반짝이며 일할 수선공의 모습이 교차했다.

버스를 환승하며 찾아가는 작은 미용실이 있다. 경제적으로 어려운 미용실이라 손님을 보태주려는 마음으로 다니고 있다. 주인(미용사)은 멀리서 일부러 온 손님이라고 값을 내려부르고, 나는 이름 있는 미용실에서 부르는 만큼 주고 나온다. 주인의 얼굴엔 감사가, 내 마음엔 평화가 차오르는 순간이다.

성탄절을 지나며 아들 예수 그리스도를 이 땅에 보내주신 하나님 아버지의 마음이 흰 눈처럼 내 마음을 적셨다. "왜 우리를 위해 아들을..."이라고 감히 질문하는 우리들에게, 하나님은 "긍휼과 사랑 때문에"라고 대답하시는 듯했다. 이 '긍휼과 사랑'의 마음이 2009년을 치유하고 새해를 새롭게 열어가는 처방전이 되지 않을까.

동행

만날 때가 되었는지 자꾸 생각나는 동행이 있다. 지난 번 만났을 때 말했던 문제가 어찌 해결됐는지 궁금하다. 이런 저런 얘기 끝에 내린 결론은 '나답게' 대응하고 풀어가는 것이었는데 ….

누구나 살면서 끊임없이 다가오는 다양한 문제 앞에 '나답게' 대응하며 살고, 앞으로도 '나답게' 반응하며 살아갈 것이다. '나답게' 사는 것이 나의 빛깔과 향기이고 나의 정체성일 테니까.

신문, 방송에서 「아바타」가 회자되는 중 남편 말에서도 '아바타'가 나온다. 난 '아바타'는 보고 싶지 않다고 말하니까 내 취향은 아닐 거라고 맞장구를 쳐 준다.

난 마음 편히 내 빛깔대로 사는 거다.

영화관에 가는 대신 서점에 들러 책 두 권을 샀다. 신문 광고에서 보아 두었던 '하는 일마다 잘되리라' 외치는 『무지개 원리』와, '진실을 가리는 마음의 작용, 7가지 베일' 『마음의 오류』를 선택했다. 입으로 소리를 발하기 전 내 마음속에서 먼저 제대로 생각하고 선택해서 옳게 말해야 된다고 생각하고 있기에.

문자로 남기는 일은 말보다 책임이 무겁다. 일회적인 말도 누군가의 가슴에서 평생 아물지 않는 상처를 남기는데, 진리인 듯이 써 놓은 글들이 읽는 많은 이들의 인생길을 오도할 수도 있을 것 같은 생각이 들어서 글 쓰는 일이 조심스럽다.

인생길은 일회적이기 때문에 아무 길로나 갈 수 없고, 이 길 저 길을 기웃거려 볼 수도 없다. 이 책 저 책을 읽는 것은, 이 영화 저 영화 관람하는 것은, 이 산 저 산을 오르내리는 것은, 이 길 저 길을 기웃거리는 일이라기보다, 내가 살아가는 길에서 때때로 만나 '나답게' 살아가도록 손잡아 주고 밀어주는 멋진 동행인 것이다.

2.
여름

축복하는 새해

넌 왜 그러느냐고 비난하지 않고, 넌 잘하고 있다고 격려하는 새해가 되기로 마음먹는다. 먼 길 세미나에 흔쾌히 동행하며 이른 아침부터 밤 늦게까지 피곤한 줄 모르고 섬겨준, 신뢰와 격려로 하나가 되었던 축복의 통로, S선생님의 새해를 축복한다.

그의 아들을 축복한다. 추운 겨울 저녁, 리어카로 자취 짐을 옮기며 엄마 마음을 아들의 시린 맨발만큼 서늘하게 해 주었을 복학생인 청년. 누구는 결혼한 지 3일만에 환상이 깨지고 울었다는데, 우린 신혼여행 첫날부터 피터지게 싸웠다는 모친의 말에 그럼 그때부터 우리 다 클 때까지 싸운 거냐고 웃으며 이야기하는 그 청년은 새해엔 부부싸움을 졸업한 단란하고 행복 넘치는 가정의 자랑스런 아들이 될 것이다.

그 청년을 도와 이삿짐을 날라준 그의 친구를 축복한다. 그를 소개하는 멘트는 6개월 인도와 중국, 티벳을 여행하고 왔다는 것이다. 어떻게 다녀왔는지, 무엇을 느꼈는지, 그의 입에서 보석들이 줄지어 쏟아져 나오기를 기대하는 눈빛으로 뜨거운 국밥을 앞에 놓고 답을 기다렸다. 고교생 때 읽었던 한비야의 책이 있었고, 대학생활 6개월 후, 아르바이트로 300만 원을 모아 6개월 다녀왔단다. 힘들 땐 바로 돌아오고 싶은 적도 있었지만 즐거운 여행이었다고. 느낀 것들은 가슴속에서 진주로 자라고 있는 중, 꺼내 보이지 않는다.

참 고마운 사람들이고, 참 아름다운 사람들이다. 마음 한 켠엔 고개조차 제대로 들지 못하고 비틀걸음으로 스쳐지나간, 아린 맛으로 남아 있는 사람들도 있지만, 새해엔 그들을 포함하여 모든 생명들을 축복하는데에 내 꿈을 투자하고 싶다. 생명보다 더 귀하고 신비한 것은 없지 않은가.

좁은 문으로 들어가라

　고교 시절 앙드레 지드의 소설 『좁은 문』에서 알게 된 '좁은 문'이 지금 내 앞에 있다. 좁은 문으로 들어가야 되는 이유가 무얼까? 좁은 문, 좁은 길을 지나야 진리를 만날 수 있고 진리 안에 거하고, 진리와 하나가 되어야 속이고 얽매는 보이지 않는 사슬에서 벗어나 자유롭게 될 수 있기 때문이다.

　진리 안에 거한다는 것은 진리와 하나가 되고 진리의 나라에서 사는 일이다. 우리를 자유롭게 하는 진리의 나라는 빛-용서, 긍휼, 사랑, 화평, 평안, 기쁨, 인내 등- 으로 이루어진 밝은 세상이다. '눈은 몸의 등불이니 그러므로 네 눈이 성하면 온몸이 밝을 것이요 눈이 나쁘면 온몸이 어두울 것'(마6:22-23)이니 진리와 하나가 된 사람은 연약한 육신마저도 밝아지고 자유로워질 것이다.

좁은 문으로 들어가기 위해서는 지고 가는 짐들을 내려놓아야 되고, 두툼하게 걸치고 있던 것들을 벗어야 한다. 지고 가는 것들이 무얼까? 욕심이 한 보따리, 이기심이 두 근, 시기, 질투, 미움이 세 근, 열등감, 깨어져 가시가 된 망가진 자존감 등이 아닐까. 어깨 위에 거추장스럽게 걸치고 있는 것들은 무얼까? 명예, 지위, 학벌, 재능, 유명세 들을 덧입고 버거워하고 있지 않은가.

'좁은 문을 찾는 사람이 적고 그리로 들어가는 사람이 적은'(마7:13-14) 것은 내 품 속에서 길들여진 내것들을 내려놓는 일이 어렵고, 내 삶의 긍지인 외투를 벗어야 하기 때문이리라. 아니면 마음의 눈과 귀가 어두워 보지 못하고 듣지 못하기 때문일까. 아이티 재난의 충격이 'IT'재난의 예고편으로 보이고 들리는 물색없는 내 눈과 귀는 또 무언가.

따뜻한 저녁상

오랜만에 은행에 볼일이 생겼다. 퇴직 후 시간의 여유가 생기며 따라붙은 것이 몇 안 되는 모임의 회계일이다. 대학친구 모임 회비 1년 정기예금 만기일이라는 연락이 왔다. 마침 부부 모임에서 여행적금을 시작한다고 기별이 와서 자동이체를 신청할 겸 은행에 들렀다. 들른 길에 임기가 끝난 문학모임 통장 계좌 해지 신청도 하기로 했다.

일곱 명의 대기자가 기다리고 있었는데 기다리는 시간은 지칠 만큼 꽤 길었다. 차례가 되어서 두 가지 볼일을 마치고 계좌 해지를 하겠다고 했더니 담당직원은 "해 본 적이 없어서…"하며 난처한 표정이다. 얼굴엔 이미 피로한 기색이 역력했다. "급한 일이 아니니 나중에 할게요." 웃으며 말하고 창구에서 물러났다.

볼일을 마친 홀가분함보다는, 힘들고 지친 은행 직원의 일상의 무게가 마음을 내리눌렀다. 그리고 그의 모습 위에 남편과 딸의 모습이 겹쳐졌다. 저렇게 직장에서 녹초가 되어서 집으로 돌아오는 것이구나.

저분이 집에 돌아가면 아내가 웃는 얼굴로 맞아줄까? 따뜻한 저녁상이 차려질까? 아이들은 아빠 왔다고 반색하며 달려와 안길까? 저렇게 쌓이는 피로와 스트레스를 매일 풀고 있을까? 혹시 맞벌이 부부라 온기 없는 썰렁한 집으로 들어가는 것은 아닐까? 이런 저런 생각을 하며 집에 도착했다.

나는 귀가하는 남편과 딸을 어떻게 맞이하고 있는지, 저녁상에 얼마나 신경을 쓰는지 반성이 되었다. 하루 종일 즐겁게 놀다가 들어온 사람을 맞이하듯이, 가정에 소홀하다고 서운한 표정으로 냉랭하게 맞이하고 있지 않은지, 마음이 담기지 않은 형식적인 저녁상을 차리고 있지 않은지 돌아보며, 모처럼 맘먹고 저녁식사 준비를 하였다.

연아와 함께 흘리는 눈물

　나도 연아가 좋다. 첫날 경기가 진행되는 시간엔 버스를 타고 오면서 내 아이라도 되는 양 간절한 기도가 나왔고, 두 번째 경기가 있는 날엔 두 시간 전부터 TV를 켜 놓고 앉아 설레는 맘으로 시간을 보냈다. 경기가 끝나고 연아가 눈물 흘릴 땐 나도 눈물이 흘렀다.

　연아는 금메달을 목에 걸었고 그녀로 인해 온 국민이 함께 행복한 날이었다. 그리고 며칠 지나지 않아 연아는 다음 경기를 위해 다시 훈련장으로 날아갔다. 국민들은 그녀로 인해 다시 행복해질 날을 기다리고⋯. 오늘도 연아는 국민들의 기대치를 마음에 담고 중압감을 느끼기보다 '할 수 있다'는 자신감으로 마음을 채우고 훈련 중일 것이다.

세계 챔피언의 자리에 오른 연아는 '자신감'이 생겼다고 말했다. 자신감이 순간 교만으로 변질되지만 않으면 연아는 또 다시 우리 모두를 행복하게 해 줄 것이다. 두려워하는 마음으로 하는 일은 잘하기 어렵다. 전쟁에서도 두려워하는 편이 지는 법이다. 두려워하는 본능을 지닌 인생이 두려움 대신 자신감을 지니게 되는 것은 범사가 잘 되는 큰 복이다.

엘리베이터가 내려오기를 기다리는 동안 두 명의 초등학생이 영어 단어장을 들여다보며 눈을 깜박이는 모습이 사랑스럽다. 처음 만나는 풍경이다. 그때 문득 '충북 2009 학업성취도평가 전국 최우수라는 사실이 이 학생들에게 할 수 있다는 자신감을 불어넣었나?' 하는 생각이 들었고, 그간 있는 힘을 다해 수고하셨을 선생님들의 노고 앞에서 눈물이 솟았다. 최선을 다해 이루어낸 아름다운 결과 앞에서 연아와 함께 흘렸던 그 눈물이었다.

흰 머리 유감

  본격적으로 보이기 시작하는 흰 머리카락을 더 잘 보이게 빗고 외출을 했더니 만나는 사람들이 흰 머리카락을 화제로 삼는다. 공통점은 염색을 하라는 충고다. 눈여겨보니 대부분의 사람들이 이미 염색으로 흰 머리카락을 가리고 나이와 상관 없이 검은 머리로 살고 있다.

  내 속내를 그대로 드러냈다. "난 흰 머리카락이 단풍잎처럼 아름답게 느껴지는데…. 가을은 단풍이 들어서 아름다운 것 아닌가…." 그렇게 말하고 돌아서서 공감이 이루어지지 않은 흰머리에 대한 생각이 계속 이어졌다.

흰머리 앞에서 처음 경탄한 것은 중2때쯤. '생즉고(生卽苦)'의 명제 앞에서 세상 고민을 모두 짊어진 듯 생각에 잠겨 걷던 신작로 네 거리에서 마주쳐 지나가던 할아버지의 백발을 보는 순간이었다. '生卽苦'의 힘든 인생길을 백발이 되도록 살아내셨다는 사실만으로도 존경받기에 충분하다는 생각 앞에서 마음의 고개가 숙여졌다. 그 때 내 눈을 사로잡은 백발은 '승리'의 깃발이었다.

사람들이 왜 염색을 하고 남에게도 염색을 하라고 권할까. 왜 흰 머리카락을 숨기고 싶고 남의 머리에서조차 보고 싶지 않을까. 미관상 보기가 흉해서일까. 나이를 감추고 싶어서 일까. 세상 앞에 나이 값을 못하는 것이 부끄러워서일까….

백발은 내게 여전히 승리의 상징이다. 끊임없이 부침(浮沈)하는 세파를 뚫고 견디며 흰 머리카락이 돋도록 살아냈다는 것이 대견하고, 예비되어 있는 겨울의 안식을 향해 나아가는 인생에게 주어지는 승리의 면류관이라고 생각하며 나는 모두의 늘어가는 흰 머리카락을 사랑한다.

기적 중의 기적

  물 한 방울 넘길 수 없고 열은 40도를 육박하여 응급실로 들어갔던 경험을 생각하면, 밥 먹는 일, 물 마시는 일, 배설하는 일, 숨 쉬는 일-살아 움직이는 일들이 기적이라고 시인하게 된다. 한번 더 생각해 보면 어느 것 하나 내 힘으로 행해지는 일이 아니다.

  부활주일을 보내며 '나사렛 예수 이야기'가 믿어지는 것이야말로 기적 중의 기적이라는 생각을 한다. 동화보다 더 동화 같고 신화보다 더 신화 같은, 동정녀 출생과 십자가 위에서의 죽으심, 사흘 만에 다시 살아나셔서 하늘에 오르시고 하나님 우편에 앉아 계신 그분 안에서 우리가 '새사람'으로 변화되는 이야기가 믿어지는 것이 어찌 가능한 일이겠는가.

하지만 은혜로 믿음으로 그분 안에 들어가면 그제서야 인생의 모든 무거운 짐이 가벼워지고 풀 수 없는 문제가 풀어지기 시작하는 것을 어쩌겠는가. 내 안에 있는 적을 이길 수 있는 힘을 얻게 되어, 괜히 솟아오르는 미움, 질투, 시기, 게으름 등을 물리치고 기쁨과 평안, 사랑과 열정을 회복하게 되며, 향하여 나아갈 푯대가 보이고 용기와 열심이 일어난다.

'나사렛 예수'께서 이 땅에 오셔서 우리에게 주고자 하신 것은 자신이 '하나님의 아들 그리스도'이심을 믿게 하는 것이었고, 그 믿음을 통해 죄의 세력에서 자유케 되며 내 호흡을 가능케 하시는 창조주 하나님과 화목한 관계가 되게 하는 것이었다.

은혜로 믿음으로 새사람으로 변화된 선진들에 의해 면면히 이어져 내려오는 믿음의 위력은, 구하고 찾는 이들의 삶을 통해 건강한 가정과 사회를 이루며 강물처럼 도도히 흘러갈 것이다.

마음의 문

　마음에도 문이 있다. 늘 마음 문을 닫고 살았을 때에는 문이 있는지, 문이 닫힌 건지 알지 못했는데, 요즘 마음 문이 닫히는 경험을 하고 나니 분명히 알겠다.

　내게 상처 주는 사람을 만났을 때 더 이상 상처받고 싶지 않아 그 사람을 내 안에서 밀어내고 마음 문을 조용히 닫았다. 장사가 끝난 상점의 문을 닫듯이. 그런데 이상했다. 한 사람에게 마음을 닫았는데 내 안에서 말문이 함께 닫혔다. 말하기가 싫었다. 또 이상했다. 다른 사람들이 하는 말이 귀에 담기지 않았다. 마음 문이 닫히니 듣는 귀도 함께 닫혔다.

　마음 문을 닫는 것이 얼마나 큰 잘못인가를 깨달았

다. 내게 잘못한 사람보다 그 사람을 미워하며 내 마음 문을 닫는 것이 더 큰 잘못이었다. "주여 형제가 내게 죄를 범하면 몇 번이나 용서하여 주리이까. 일곱 번까지 하오리이까"하고 묻는 베드로에게 "일곱 번뿐 아니라 일곱 번을 일흔 번까지라도 할지니라." 말씀하신 예수님 앞에 고개가 숙여졌다.

'자폐증'을 갖고 힘들게 살아가는 사람들 생각이 났다. 세상을 향해 마음 문을 닫았고 닫힌 마음의 문이 다시 열리지 않아 고생하는 사람들일 것이다. 마음은 물보다도 보드랍고 꽃잎보다도 여려서 차가운 눈총에도 얼어붙고 비난의 말 한 마디에도 위축된다. 어린 영혼일수록, 순수한 영혼일수록 크게 멍들 것이다.

살면서 부딪는 대부분의 문제들을 풀 수 있는 열쇠는 '용서'다. 용서를 해야 내가 산다. 그리고 열리고 살아난 마음으로 나를 힘들게 하는 그를 '사랑'하는 것이다. 그의 마음 문이 닫히지 않도록, 그가 웃을 수 있도록, 그를 바라보고 웃어주는 것이다.

國和萬事成

학생들이 일탈행동을 하고 문제를 일으키면 빠지지 않고 들어가는 원인 중의 하나가 '시험 스트레스, 입시 스트레스'라는 말이다. 나는 '시험 스트레스, 입시 스트레스'가 아이들을 힘들게 한다는 어른들의 말에 스트레스를 받는다.

학교, 공부, 시험, 입시 등의 긍정적인 면을 제쳐두고, 부정적인 면만을 부각시켜 말하는 어른들에 의해 학생들에게 학교는 지옥이 되었다. 백지같이 순결한 아이들의 마음밭은 어른들이 부어주는 말들에 의해 무성해지고 탐스런 열매를 맺기도 하고, 반대로 피기도 전에 봉우리가 시들고 푸른 잎새에 벌레가 생겨 성장이 어렵게 되기도 한다.

학교 교육과 시험의 긍정적인 면은 학교 교육의 존재 이유이고 당연한 것이므로 강조되지 않고, 학교 교육과 시험을 허는 부정적인 말들이 난무하며, 학생들 편에 서서 학생들을 위한다고 사용하는 부정적인 말들이 도리어 학생들에게 부정적인 인식을 심어 주어 그들을 더욱 힘들게 하고 있다.

도지사를 비롯하여 교육감, 교육위원 등의 선거가 한 달 남았다. 누구에게 투표할 것인지 내심 결정했다. 내가 앞서기 위해 남의 허물을 들추어내고 공격하는 사람이 지도자가 되어선 안 된다. 남을 비난하는 것은 내가 똑똑해서라고 자부하는 사람이 지도자가 되어선 안 된다. 하나를 부정적으로 보고 말하는 사람은 그 동일한 눈으로 열을 부정적으로 보고 말할 것이다.

'家和萬事成'이듯이, '班和萬事成'이고, '國和萬事成'이다. 우리 사회와 나라가 우리 모두의 희망대로 살기 좋은 사회와 나라가 되려면, 지도자가 되려는 사람은 반목이 아닌 화목을 이루기 위해 고민하는 사람이어야 한다.

최고의 유산

밖은 진분홍 영산홍과 신록이 어우러져 봄빛이 절정인데, 노인 병동엔 기력이 쇠하여 거동할 수 없는 어머니들이 침대에 누워 있다. 6인 병실이지만 말소리가 병실의 갇힌 공기를 흔드는 일도 드물다. 추수한 뒤 텅비고 황량한 논바닥 같은 모습으로 어머니들이 병상 위에 남겨져 있다.

이제 병상에 누워 팔, 구십 평생 남편과 자녀들 뒷바라지로 혼신을 다했던 무거운 짐 다 벗어놓고 돌아갈 곳에 대해 생각할 수 있는 시간일진대, 이미 노쇠한 육신에겐 생각할 힘도 남아 있지 못하다. 병실을 드나들기 두 달 사이에 두 분이 돌아가셨다.

돌아가신 두 분은 평안히 아버지 품에 안기는 어린 아이같이 죽음을 맞으셨다. 그분들의 표정엔 불안, 두려움의 그림자가 없었다. 아버지께서 집으로 돌아오라고 이름 불러 주실 날을 하루하루 기다리다가 이곳과 비교할 수 없이 아름다운 본향 집으로 가셨음을 안다. 평화로운 떠남이었다.

모두의 죽음이 평화롭진 않을 것이다. 돌아갈 곳을 준비하며 산 분들이 누리는 복일 것이다. 돌아가신 분이 누린 그 복은 그대로 자손들의 가슴 속에 평생의 선물-최고의 유산으로 남겨져 새로운 열매를 맺어갈 것이다. 죽음은 신비이고 신성한 것이다. 그리하여 상실의 큰 슬픔 중에도 최대의 예를 갖추어 장례의식을 거행하지 않는가.

'한 알의 밀이 땅에 떨어져 죽어야 많은 열매를 맺듯이' 죽음은 끝이 아니라 분명 신비의 시작이다. 죽음으로 완성된 '일생'이 '생명의 빛'을 발하기 시작한다. '천안함 46명 해병의 죽음'이 그랬고, 노인 병동에서 천명을 다하고 조용히 숨져간 두 분의 죽음이 그랬다.

좁은 보폭으로 천천히

약을 열심히 먹어도 감기 몸살 기운이 보름이 넘도록 사라지지 않는다. 바쁘게 돌아가는 일상에 쉴 틈을 얻지 못해서일 게다. 지친 몸에 생각도 빛을 잃고 힘들어 하는 내 귀를 쫑긋 세우는 멘트가 라디오에서 흘러나왔다. "높은 산을 오르는 사람은 보폭을 좁게 해서 거북이처럼 올라야 한다. 정상을 바라보지 말고 발 앞만 보고 걸어야 한다. 그렇게 걷다보면 어느새 정상에 올라와 있다."

일상생활에 있어서도 마찬가지. 보폭을 좁게 해서 걷는 것이 지치지 않고 잘 걷는 비법이었다. 평소 걸음걸이가 빠르고 보폭도 넓은 편인 나는 생활도 그렇게 하고 있었나 보다. 그래서 쉽게 지치고 힘겨워하며 사나 보다.

이제는 하루에도 몇 번씩, 해야 될 일들을 하나하나 해결해가다가 힘이 들면 잠시 생각한다. '그래, 보폭을 좁게 하자. 서두르지 말고 천천히 하자. 남 의식하지 말고 즐거운 마음으로 천천히 하자.' 보폭을 좁게 하는 건 마음을 비우는 것이기도 한 걸까. 마음이 가벼워지고 어깨가 가벼워지는 느낌이다.

시침이 움직이는 속도는 예나 이제나 같을 텐데 세월이 어찌 그리 빠른지 모르겠다. 벌써 한 해의 반을 향해 달력도 행진하고 있다. 토끼가 되어 세월의 속도를 따라가려고 허둥대지 말아야겠다. 선을 행하다 지쳐 낙심에 이르게 될지도 모르기 때문이다. 주어진 새 하루를 맞아 그저 내 앞에 당한 경주를 경주하며 영원한 '사랑'의 열매를 맺기 위해 나를 아낌없이 내어주는 연습을 해야겠다. 좁은 보폭으로 천천히….

날마다 죽고 싶은 여자

　미루다가 오랜만에 걸레질을 하니 때가 까맣게 묻어 났다. 까맣게 얼룩진 걸레가 물 속에 던져져 있는데 꼭 내 모습이었다. 온갖 더러운 것들을 닦아내느라 보기 흉한 몰골을 하고 있는 걸레가, 이 일 저 일 치다꺼리 로 분주해하다가 지치고 상한 마음에 보기 흉한 골난 표정을 하고 있는 내 모습과 흡사했다.

　빨랫비누로 거품을 내며 걸레의 때를 분리해내면서, 오염된 내 마음의 때는 무엇으로 씻어야 하는지 생각 한다. 걸레는 물과 비누의 힘을 빌리면 완벽하게는 아 니어도 다시 걸레의 구실을 할 만큼은 깨끗해지는데, 마음의 수면 위로 올라와 춤추며 사망의 음침한 골짜

기로 나를 몰아가는 '미움과 원망'의 검은 찌끼들은 어찌 제거해야 하나.

죽은 자는 느끼지 못하는데 난 날아온 뾰족한 작은 돌에 맞은 마음자리가 아프다. 죽은 자는 말이 없는데 난 원망의 바이러스를 전파하고 있다. 죽은 자는 계산하지 않는데 난 더하기 빼기를 하며 신경이 곤두선다. 삶의 문제에서 자유케하기 위해 대신 죽으신 분이 계신데 난 지금 '미움과 원망'의 사슬에 얽매여 있다.

그분이 나를 대신하여 죽은 것은 곧 내가 죽은 것인데 난 죽지 못했다. 때때로 솟아오르는 흉칙한 찌끼들의 뿌리가 내 안에 살아 있다. 내가 죽어야 그 뿌리도 힘을 잃을 텐데 내가 살아 있어서 그 뿌리들도 여전히 내 안에 터를 잡고 있다. 그분은 피흘리기까지 죄와 대항하며 이기셨는데 난 안일하고 관대하게 죄를 대하고 있다. 그분과 함께 죽지 못해서 그분과 함께 살아나지도 못한다. 그래도 걸레가 지나간 자리가 깨끗해지는 걸 보며 걸레 같은 사람이 되기를, 사도 바울처럼 날마다 죽기를 꿈꾼다. 그분을 믿는 믿음 안에서….

꽃 피우기

 남아공 월드컵 그리스와의 경기를 보려고 TV 앞으로 다가가며 똑같은 질문을 되풀이하고 있었다. '왜 사람들이 축구 경기에 열광하는 걸까?' 2002년 월드컵 때에도 가졌던 질문이었다. 넓고 푸른 잔디밭 위에서 펼쳐지는 축구경기는 시종일관 예술작품을 감상하는 이상의 감동과 감격을 준다. 그래서 기다려지고 당연히 TV 앞에 앉는다.

 2002년 월드컵이 한창 진행 중일 때 수업시간에 화제가 된 적이 있었다. 그때 어느 학생이 질문했다. "선생님도 월드컵 보세요?" 그 질문을 받으며 아이들 눈에 비치는 내 모습을 피드백 받은 느낌이었다. 그때 난 '왜 사람들이 축구 경기에 열광하는 걸까?' 하는 질문을 나에게 하고 있는 중이었다.

상대팀의 골문에 공을 넣으려 안간힘을 다하는 공격, 상대팀의 골은 한 골도 허락하지 않으려고 있는 힘을 다하는 수비, 수비를 뚫고 골인했을 때의 감격과 기쁨, 반대로 좌절하는 상대팀. 져서 가슴이 아플 상대팀을 생각하며 반감되는 나의 기쁨. 이런저런 생각으로 내 가슴엔 불이 붙지 못했었나 보다. 그런데 이제 알 것 같다. 왜 사람들이 축구 경기에 열광하는지. 90분간의 축구경기는 90년 인생의 축소판이고 그래서 사람들이 그렇게 전심으로 호응하나 보다.

골을 넣는 장면을 반복해서 계속 보여주어도 마냥 좋다. 명작이기 때문이다. 우연히 그냥 저절로 만들어진 순간이 아니기 때문이다. 한 번 올지도 모를 기회를 위해 수많은 시간, 헤아릴 수 없는 노력을 투자하여 피워낸 '영광의 꽃'이기 때문이다. 우리도 우리 인생 가운데 한번쯤 찾아올지도 모를 '내 때'에 '꽃 피우기' 위해 지금 애쓰는 것 아닌가.

진정한 삶

　컴퓨터, 핸드폰 같은 영상기기 때문에 시나브로 사람들의 영혼이 메말라가고 있는데 이제 아이폰, 스마트폰이 나와 그 속도가 가속화되지 않을까 하는 것은 전문가의 의견이 아니라 단순한 내 생각이다. 아이폰, 스마트폰 광고를 보고 있노라면 '세상에…'하는 감탄사가 절로 나온다. 꿈의 나라, 동화 속 같은 세상이 그 속에서 펼쳐진다. 그런데 왜 내 마음은 편치 않을까.

　버스를 기다리며 한 젊은이가 무엇엔가 집중하고 있기에 흘깃 보니 핸드폰으로 게임을 하고 있다. 버스를 타고 보니 눈에 띄는 두 젊은이가 핸드폰으로 뭔가 열심이다. 혼자 있는 시간에 핸드폰에 열중하는 청소년들을 보면 슬그머니 겁이 난다.

버스를 타고가면서 생각에 잠긴다. '너무 재미있어서' 버린 것들을 떠올려 본다. 초등5학년 때 '만화'를 버렸다. 교실에 만화책이 성행하자 만화책은 초등2학년 때까지 보는 거라는 선생님 조언을 들으며, 만화책을 빌려 읽기 위해 친구에게 아첨하는 내 모습이 만화책을 끊게 했다. 중1때 '선데이 서울'을 모르면 화제에 끼일 수 없었고 어느 일요일 옆집 언니 선데이서울을 빌려 하루종일 읽고 난 후 두통에 시달리며 버리는 것이 사는 길이라 생각했다. 재미와 감동, 호기심으로 밤새워 소설을 읽고 난 다음날 아침 삶을 마비시킬 만큼 너무 재미있어서 소설을 버렸다. 컴퓨터 연수를 받으며 보너스로 가르쳐 준 프리셀 게임을 집에 돌아와 하는데 저녁밥도 짓지 않고 계속하고 싶은 마음이 일었을 때 이것 또한 내 삶에서 버려야 되는 것임을 알았다. 그들이 주는 '상상을 초월하는 재미'에 빠져들면 '상상을 초월하는 결말'이 기다리고 있음을 눈치 챘기 때문이다.

후회와 회개

'후회(後悔)'는 이전의 잘못을 깨치고 뉘우치는 것이
고, '회개(悔改)'는 잘못을 뉘우치고 고치는 것이다. 사
람은 불완전한 존재이기 때문에 일생을 분석해 보면
'잘못'의 연속일지도 모른다. 잘못을 잘못인지 모르고
지나가고 큰 잘못이 발견되었을 때마다 후회하며 사는
게 인생인지도 모른다. 한번의 잘못을 거울삼아 다시
실수하지 않으며 후회 없는 삶을 사는 사람이 몇이나
될까.

사람은 습관의 동물이라고 생각한다. 매순간 생각하
며 행동하는 게 아니라 습관적으로 산다. 잠에서 깨어
나는 일에서부터 시작하여 다시 잠자리에 들기까지 사

실은 내 안에 프로그래밍된 습관을 따라 움직인다. 그래서 술, 담배, 마약, 도박, 게임 등의 중독에 이르게 되는 것은 어찌 보면 자연스러운 일이다. 나쁜 습관은 평생 지고 가는 무거운 짐과 같다는 누군가의 말에 동감한다.

우리에겐 '회개'가 필요하다. 잘못을 뉘우치고 눈물 흘리는 후회가 아니라, 그 일로부터 돌아서서 새로운 길로 행하는 회개가 필요하다. 회개는 자기 마음대로 살고 싶어서 집 나갔던 아들이 잘못을 뉘우치고 아버지 집으로의 돌아오는 것이다. 죽었던 자가 산 자가 되는 것이고, 잃어버린 바 되었던 자식이 찾은 바 된 것이다. '회개'는 참으로 축하할 일이다.

「시대의 지성 이어령이 전하는 '영성'에 대한 참회론적 메시지 『지성에서 영성으로』 출간 12주 만에 18만부 돌파」 라는 신문 전면 광고가 눈길을 붙잡는다. 무신론자로서 회의에 침잠했던 지난날을 속 깊은 울음과 함께 참회하는 육성 고백. 딸의 아픔을 통해 주님께 돌아온 이어령 교수의 회개는 참으로 시대가 함께 축하할 일이다.

고마우신 선생님

  빛바랜 사진처럼 오래된, 아무도 빼앗을 수 없는 보물이 내게 있다. 숭례초등학교 2학년 때의 담임 선생님. 여름 방학 중에 선생님과 대여섯 명의 반 아이들이 도봉산에 갔다가 집으로 돌아오기 위해 뙤약볕 아래 땀을 뻘뻘 흘리며 차를 기다리고 있을 때, 선생님의 콧잔등에 송송 맺힌 땀방울들을 보는 순간 '어머, 선생님이 우리 때문에 이 고생을 하시는구나' 하는 생각이 들었다. 우리들에 대한 사랑이 실감으로 마음을 파고들었다.

  나이를 먹어가면서 그 선생님의 고마움이 새록새록 깨달아졌다. 가난한 집 못생긴 아이에게 관심을 갖고 거리 불문 꼬불꼬불 샛길을 더듬어 허름한 셋집을 찾아, 방학 중 몇몇 친구들 과외하는 틈에 앉혀 주셨다. 그런 어느 날 하루 도봉산 소풍을 다녀온 것이다.

내가 교사 생활을 하면서 조금이나마 고마운 선생님으로 기억되는 삶을 살았다면 그것은 어린 시절 겪었던 담임 선생님에 대한 고마움의 그림자였으리라. 고마운 선생님에 대한 감동이 나도 그런 선생님이 되고 싶다는 꿈으로 자리잡은 게 아니었을까.

무더위가 기승을 부리는 여름날이면, 내 마음에 여전히 감동으로 물결지고 뼛속까지 시원해지는 그분 얼굴을 떠올리며 마음속으로 이름을 불러본다. '김동출 선생님~' 이름은 남자 같아도 큰 키에 굽실한 파마머리, 이목구비가 덕스러우셨던 참 괜찮은 예쁜 우리 선생님이셨다. '선생님 감사합니다. 선생님이 계셔서 오늘날 제가 있을 수 있었습니다. 선생님은 나의 보물이시고, 나는 선생님께서 흘리신 땀의 열매입니다.'

재미있는 일 나중 하기

폭염도 아랑곳 않고 오랜만에 맘먹고 하루를 비워 친구들과 만나 이야기보따리를 풀어놓는 것은 유쾌한 일이다. 시댁 식구들, 남편, 아이들과 끊임없이 교감하며 갈등하며 지나온 이야기들을 쏟아놓으며 마음은 가벼워지고 시원해진다. 듣다보면 진주 같은 지혜가 마음을 채워주고 남은 날들을 잘 살아갈 수 있을 것 같은 힘이 솟게 한다. 나이가 더해갈수록 친구들이 더욱 귀하게 느껴진다.

자기 분야에서 으뜸이 된 사람들, 잘 성장한 사람들의 공통점 중 하나는 재미있는 일보다 해야 할 일은 먼저 하는 것이라고 친구가 얘기한다. 이미 들어서 알고 있는 말인데 오늘은 그 말이 마음을 파고들어, 그 교훈을 무시하고 하고 싶은 일을 먼저 하며 살아가니, 바쁘다는 말은 늘 입술에 붙어 있고 동동거리다 하루를 마치는, 효과 없고 미련한 삶의 연속일 수밖에 없음을 조명해 준다.

학생들의 경우도 방과 후 귀가하여, 재미있는 컴퓨터 게임보다 해야 될 숙제를 먼저하고 난 뒤 남은 시간을 자유롭게 활용하는 아이들이 공부에 대한 흥미와 의욕이 높고 공부를 잘하는 것처럼, 매사에 꼭 해야 할 일을 우선순위에 놓고 산다면 의무를 완수했을 때의 평안함과 기쁨이 있을 것이며 하는 일도 즐기며 여유롭게 하므로 효과도 좋을 것이다.

아침밥을 먹고 나면 '지금 커피를 마실까, 할 일 다 마치고 여유를 즐기며 한 잔 마실까' 아침마다 갈등하는 나를 위해 집안 어딘가 잘 보이는 곳에 크게 써서 붙여 놓으리라. '재미있는 일 나중 하기. 해야 될 일 먼저 하기'

말의 힘

식탁 옆에 달력을 걸어야겠다고 생각하고 있는 중이다. 벽에 못 하나를 박는 일도 오랜 시간 마음속에 머물다가 실현된다. 건축자에 의해 지어진 수많은 건물들, 지어지고 나면 지은이는 잊혀지고 건물만 남는다. 생각해 보면 눈에 보이는 것들은 눈에 보이지 않는 생각과 마음속에서부터 비롯되었다.

시간과 공간으로 이루어진 눈에 보이는 영역을 3차원이라 하고, 시공을 초월하는 차원을 4차원이라고 한다면 사람의 생각과 마음은 4차원에 속한다. 그 생각과 마음의 표현인 언어-말과 글도 4차원의 산물이다. 그래서 말과 글은 창조력이 있다. 건축의 설계도가, 자동차의 설계도가 문자로 표현된다.

말이 씨가 된다는 옛말이 있다. 살면서 말한 대로 이루어지는 것을 수없이 경험한 선인들의 지혜가 담긴 말이다. 우리는 날마다 말의 씨를 뿌리고 심고 있다. 가족의 마음 밭에, 이웃의 마음 밭에, 민족의 마음 밭에…. 뿌린 대로 거두고 심은 대로 거두는 것이 자연의 이치이니 좋은 씨만을 골라 심고 뿌리는 것이 오늘보다 나은 내일을 예비하는 확실한 농법이 아닐까.

오늘 만나는 사람들과 주고받을 말들을 생각해본다. '너다움'을 인정해 주는 말, 가능성을 격려해 주는 말, 아픔을 공감해 주는 말, 실수를 이해해 주는 말, 고집을 오래 참아주는, 말 없는 말….

여름이 너무 더우니 선선한 가을이 기다려진다. 결실과 수확의 계절 가을이 다가왔을 때 풍성한 기쁨을 누리기 위해, 좋은 씨를 심고 뿌리며 지경을 넓히는 데 오늘 새로이 선물로 받은 86,400원을 사용하자.

또 한 번의 실수

실수하고 싶지 않은데 말하고 보니 또 실수였다.

기계 만지기를 좋아해서인지 컴퓨터를 사용해 하는 일이 많은 딸아이의 어깨가 구부정해지는 것 같아 은근히 걱정이 되는데, 식탁에 서서 과일을 먹는 아이의 구부정한 어깨를 보는 순간 걱정하던 것이 말이 되어 튀어나왔다. 그 말에 딸은 기분이 상했고 과일을 먹다 마는 눈치였다. 그와 동시에 내가 또 실수했음을 깨달았다. 먹는 시간에는 그런 종류의 얘기, 잔소리를 하지 않았어야 되는 건대….

"다른 사람들은 그런 얘기 해 주지 않아. 엄마니까 얘기하는 거야." 포크를 놓고 돌아서는 딸의 뒤에 대고 한 마디를 덧붙였다. 그 말 또한 내 마음에 걸렸다.

역사와 왕조의 흥망성쇠 뒤에는 충신과 간신이 있었다. 귀에 달콤한 간신의 말을 즐긴 왕조는 멸망을, 귀에 거슬리는 충신의 말을 인내한 지혜로운 왕은 국운이 번성케 되는 결실을 가져왔다. 개인의 경우도 마찬가지일 것이다. 귀에 거슬리는 말을 달게 받는 사람은 더욱 성장 발전할 것이고, 귀에 쓴 말을 받지 못하는 사람은 성장과 발전이 더딜 것이다.

나름대로 최선을 다하고 있을 딸의 마음을 불편하게 해 주어서 내 마음 또한 불편하다. 소 잃고 외양간 고치는 격이지만 그래도 나는 나의 끊임없는 말 실수를 고치는 수고를 하리라. 상처를 주고받으면서라도 충신의 반열에 서리라. 귀에 듣기 좋고 마음에 달콤한 충신의 말이 될 때까지….

일치를 위하여

　종종 『어린왕자』에 등장하는 '술주정뱅이'를 생각한다. 술 취한 자기가 싫어서 그 사실을 잊기 위해 계속 술을 마신다는 술주정뱅이. 그렇게 살지 않기 위해, 아니 그렇게 살고 있는 건 아닌가 하는 반성을 하며….

　'아는 척, 잘난 척하지 말아야지. 자랑하지 말아야지. 지시하거나 명령하지 말아야지.' 생각하고 다짐하지만 쉽게 그리 되지 않는다. '청소를 취미삼아 열심히 걸레질해야지.' 생각하고 다짐하지만 실제로 청소하는 일이 쉽지 않다. 생각과 행동의 불일치가 괴롭다.

　'삶'은 '행함'이다. 손과 발, 그리고 입술의 말로 이루어내는 그 무엇이다. 인격도야의 수준을 언행일치의 정도로 알 수 있다고 생각했던 선인들의 생각이 옳다. 그래서 '지행일치', '언행일치'를 강조하여 가르쳤나 보다.

그렇게 훈련받으며 어른이 됐어도 생각과 말과 배움과 행함이 일치하지 못하니 내면의 갈등이 끊이지 않는다. 차가운 이성과 뜨거운 감성과 연약한 육신이 함께 이루어내는 하모니가 내 안에서 불협화음을 연발한다.

크게 보면 사회도 하나의 유기체이고, 개개인의 존재가 연합하여 이루어내는 웅장한 교향곡이다. 서로 나보다 남을 낮게 여기며 지휘자의 지휘봉에 따라 일치를 이루기 위해 힘을 합할 때 가장 멋진 곡이 연주될 것이다.

『어린왕자』 속의 술주정뱅이처럼 희망 없는 미래가 되지 않기 위해선 개인도 사회도 '일치'의 푯대를 향해 일어서야 한다. 늦었다고 생각하는 그때가 가장 빠른 때임을 기억하며….

3.
가을

그릇 준비

이른 추석이 지나고 들판의 벼가 여물어간다. 더위
의 기억은 부르지 않는 노랫말처럼 잊혀져가고 노랗게
익어가는 벼들을 바라보는 마음이 넉넉해진다. 여름내
큰비바람에 씻긴 하늘은 청명하고, 여름을 견딘 곡식,
과일, 채소 들이 주인의 손길을 기다리는 아름다운 가
을이다.

비바람에 상처입고 떨어지고 여물지 못한 채 돌아간
수많은 생명들 가운데 살아남아 식탁에 오른 곡식과
채소와 과일 들을 대하며 대견하다는 느낌에 잠긴다.
그리고 감사하다. 한 번 더 생각해 보면 지금 이 순간
살아있는 모든 생명체들이 대견하고 장하다.

에어컨을 의지해야만 견딜 수 있을 만큼 무더운 여름을 보내며 결실과 수확의 계절 가을을 생각했다. 이 여름의 폭양과 태풍을 견뎌야만 하는 분명한 이유였다. 그러면서 한편으로 추수한 열매들을 거두어 담을 그릇도 함께 준비되어야 함을 생각했다. 열매를 주시는 분은 하늘이고 그릇을 준비하는 것은 땅에 속한 우리의 몫이기 때문이다.

금 대접, 은쟁반, 항아리, 광주리 등의 다양한 그릇들 중 어떤 그릇을 준비하고 하늘의 선물을 기다릴까. 비가 많이 와서 풍년인 버섯은 항아리에 보관하여 내년 봄 버섯이 나올 때까지 사용한다는데, 한 해의 추수 때를 기다리며 김장 배추 걱정보다도 그릇 준비에 마음이 쓰인다.

심는 것은 사람이 하여도 거두게 하시는 분은 하늘임을 많은 비를 통해 알게 해 주셔서인지 배추 한 포기, 파 한 뿌리에도 감사한 마음이 불끈 솟는다. 가을을 맞으며 막연히 그릇을 준비하고 싶었는데 '감사한 마음'이 '가을의 선물'을 담을 수 있는 '그릇'이라는 생각이 든다.

대추 세 알

잇몸으로 식사를 하는 어머니를 위해 햇대추 세 알을 넣어 밥을 짓는 중에 식구들 후식으로 줄 대추와 함께 씻으며 그 중 가장 작은 것 세 개를 넣어 밥을 지었다. 어느 대추를 넣을까 생각하면서 가장 작은 것으로 골라 넣었는데, 그리고 아침 식사가 끝났는데, 계속 마음에 대추 세 알이 어른거린다.

씻으면서 알이 굵은 세 개는 내가 먹었고, 남은 것 중 가장 작은 것을 어머니 몫으로 삼은 것을 하늘이 알고 내가 알아서 마음이 불편한 것이다. '가장 큰 것을 어머니 몫으로 삼았으면 마음이 편했을 텐데'하는 후회가 일었다.

동화 「청개구리」를 읽은 어린아이가 부모님 말씀에 무조건 순종하기로 결심하고 부모님 마음을 편하게 해 드리려 부모님 눈치를 보며 살았는데, 오십 중반을 넘어선 나이에 다시 생각해 보아도 그러길 참 잘했다는 생각이 드는데…. 어머니의 마음을 편하게 해 드리고 의사를 존중하고 가장 좋은 것으로 섬겨야 하는데….

알이 굵은 대추를 밥에 넣어 어머니께 드리는 게 옳은 일이었다. "네 부모를 공경하라"는 말씀을 즐거이 따르는 것이 그분과 동행하는 일일 것이다. 그분의 가르침대로 행할 때 내가 행복해지고 이웃이 함께 행복해짐을 알기에 미련한 욕심을 버리고 말씀대로 행하리라.

"시들어 떨어지는 나뭇잎이 꼭 내 모습 같다"며 서글퍼하시는 어머니의 푸념이 독백이 되지 않도록, 자연으로 돌아가는 순례의 길이 행복하실 수 있도록 좋은 동행이 되어 드리기 위해 더 자주 위에 계신 그분을 바라보자.

리더십의 관건

일을 해 나가다 보면 반대 의견에 부딪힐 때가 있다. 이때 필요한 것이 '관용, 포용, 개방성'의 정신이 아닐까. 그래야 더 많은 사람들을 아군으로 만들어 더 크고 훌륭한 일을 이루어내지 않을까. 그리하여 더 많은 사람들이 행복을 느끼며 평안을 누리며 자기 자리에서 최선을 다하는 살기 좋은 나라가 되지 않을까.

그런데 힘 있는 쪽에서 내편의 이익, 내편의 기득권을 잃지 않으려 꽉 붙잡고 있는 상태에서 상대편의 의견을 받아들이는 일은, 주먹을 꽉 쥔 채로 상대편의 손을 잡고 악수를 하려는 격으로 보기에 답답한 일이다.

반대를 하는 사람의 심리 또한 다르지 않다. 나라와

민족이 운명공동체라는 생각은 잊은 지 오래인 것처럼 오직 내편의 이득을 위해 목소리를 높이고 힘을 가진 자의 발목을 붙잡고 앉아 떼를 쓰는 형국이다. 그들이 그래야 하는 마음 밑바닥에는 힘을 가진 자에 대한 불신이 도사리고 있다.

'믿음'은 친구, 부부, 부모와 자녀, 교사와 학생, 사장과 사원, 대통령과 국민 등 모든 인간 관계가 정상적으로 유지되는 근간이 된다. 서로 사이에 신뢰가 깨어졌을 때 관계가 악화되고 좋은 결과를 기대하기 어렵다.

우리 사회가 계속 시끄러운 것은 서로간의 신뢰가 약화되었기 때문이다. '義'보다 '利'를 좇아 사는 사람들이 많아졌기 때문이다. 마음을 얻기 위해 무언가를 먼저 주는 것이 '德'이라고 한다. 움켜쥔 주먹을 펴고 빈 손바닥으로 상대편의 얼어 있는 손을 잡고 녹여줄 수 있는 '덕' 있는 리더들은 어디에 있는가.

轉禍爲福

장에 넣으려고 두부를 써는데 3mm 정도 되는 철수세미 조각이 나왔다. 순간 심란해지며 손은 계속 칼질을 하고 철수세미 조각을 집어내어 버리고 두부를 장에 넣어 끓였으나 숟가락이 가지 않았다.

두부에서 철수세미 조각이 나온 문제를 어떻게 처리해야 하나 하는 생각에 잠겼다. 다시는 그 집으로 두부를 사러 가지 말자. 가서 철수세미 조각이 나와 두부를 먹지 못했다고 말해야 되나. 아무 일도 없었던 듯이 그냥 지나가나….

좀더 생각해 보니 내가 잘못하고 실수했을 때마다 상대방이 와서 나의 잘못과 실수를 꼬집어 주었더라면 지금의 내가 있지 못할 것 같았다. 눈 감아 주었고, 이해해 주었고, 용서해 주었기 때문에 난 잘못하지 않은 것처럼 마음 편하게, 실수하지 않은 것처럼 당당하게 내 목소리를 내며 살고 있지 않은가.

2,600원을 주고 산 두부인데 먹지 못했으니 돈이 아까운 마음도 들었으나 삶의 큰 가르침을 얻었으니 전화위복이라고 할까. 화(禍)가 다가왔을 때 화를 화로 여기지 않고 나를 비추어보는 거울로 삼으니 도리어 복이 된 격이다.

먹지 못하고 버린 두부 속의 철수세미 조각은 내게 계속해서 말할 것이다. '네 허물을 용서받지 못했다면 넌 지금쯤 우울증 환자가 되어 있을 것이다. 남의 실수를 눈 감아 주고 이해해 주고 용서하며 살아라. 남이 가는 길을 막지 말고 길을 내어 주고 길이 되어 주어라. 그것이 네 영혼이 잘 되고 네 자손이 잘 되고 범사가 잘 되는 길이다.'

주는 사랑

글 쓰는 일을 자신 없어 하는 문우에게 귀엣말로 "한 사람이라도 내 글을 읽고 위로받고 힘을 얻는 사람이 있다면 글을 쓸 이유가 있는 거예요"라고 속삭여 주시는 분의 목소리를 곁에서 들으며 나도 힘이 솟았다. 한 사람이라도 살리고 세우는 것이 우리 문인회의 사명이라고 생각하며 모인 모임인지라 100% 공감이 되었다.

우리는 살려고 버둥거리는 생명체인데 때로 남을 죽음에 이르게 하는 사람들이 있어서 우리를 당혹스럽게 한다. 성경을 읽다 보니, 창세기 4장 23절에 가인의 6세손인 라멕이 두 아내에게 "나의 상처로 말미암아 내가 사람을 죽였고 나의 상함으로 말미암아 소년을 죽였도다"라는 고백이 나온다.

내 상처와 내 상함이 나를 괴롭히고, 나의 괴로움이 내 안에 차고 넘쳐 밖으로 표출될 때 다툼이 일어나고, 그 결과 생명을 잃게 되기도 한다. 세상살이에 불화가 많은 것은 누구나 훈장인 양 지니고 있는 마음의 상처 때문일 것이다. 생각해 보면 세상에 상처받지 않은 사람은 한 명도 없다. 다만 그 상처와 상함을 스스로 다스리고 치유하며 살아가고 있을 뿐이다.

문제가 발생했을 때 나타난 현상보다 이면의 본질에서 문제 해결의 실마리를 찾아야 한다. 내 안의 상처와 상함을 직시하고 자가 치유력인 '주는 사랑'으로 치료받을 것이며, 만나고 스쳐가는 사람 누구나 다양한 상처와 상함을 지닌, 사랑으로 치료받아야 되는 사람들임을 기억하고, 따뜻한 눈길과 손길, 살리고 세우는 말 한 마디쯤 할 수 있는 여유 있는 마음을 준비하며 소망 넘치는 새해를 맞이하자.

희망하고 사랑하며

 계속되는 한파에 내린 눈이 빙판을 이룬 길을 걸으며, 온통 얼음으로 뒤덮여 있을 시베리아 땅을 상상하며 생각의 나래를 편다. 어쩌면 남극과 북극의 얼음산처럼 지구 전체가 하나의 얼음덩어리가 되는 날이 오는 건 아닌가. 인류의 가슴 속에서 계속 사랑이 식어간다면….

 소, 돼지, 닭, 오리 들도 혹독한 겨울을 보내고 있다. 방역작업, 예방주사와 백신 같은 사람의 힘으로는 감당할 수 없는 크기의 재난임을 감지한 교회들이 금식기도를 시작했다는 소식이 들린다. 일선에서 구제역 방역을 담당한 사람들의 고통이 연일 보도되고 그들을 돕기 위해 용기를 낸 따뜻한 마음의 주인공들 소식도 들린다. 사람들의 마음을 얼어붙게 하는 혹한의 현실 앞에서 그 한파를 견디고 이기기 위해 우리의 마음 맨 밑바닥에 든든히 제 자리를 지키고 있는 '사랑'이 힘을 내고 일어섰구나 하는 안도의 마음과 감사의 마음이 물안개처럼 피어오르며 몸이 훈훈해진다.

추위와 어려움을 견디며 이 겨울을 지내고 나면 사는 것이 '재미있는 일'이고 '즐거운 인생'이라고 이야기하며 기분 좋게 웃을 날이 분명 올 것이다. 하얀 눈얼음 속에서 샛노란 얼굴을 내미는 복수초처럼 '희망'은 지금도 우리 가슴 가장 깊숙한 곳에서 푸르게 자라고 있을 것이다.

사람이 살지 않는 집은 무너진다고 한다. 사람에게는 집을 지탱하는 에너지가 있다는 말이다. 그 에너지는 체중으로 재어지는 육체의 힘이 아니고 우리를 살리는 에너지인 '희망'이고 '사랑'일 것이다. 어떤 파도가 몰려온다 해도 '희망하고 사랑하며' 그 파도를 넘는 사람들을 우린 '아름다운 사람'이라고 기억할 것이다.

아침 풍경

   아직 녹지 않은 하얀 눈 위로 찬바람이 달리기하며
잠을 깨우는 학교 운동장 한가운데 엄마와 아이가 연
갈색 오리털 점퍼 속에 몸을 파묻고 지나가는 뒷모습
이 보인다. 아이는 잠시 멈추어 서서 발밑의 눈을 발로
차서 날려본다. 엄마는 아이를 아랑곳하지 않고 계속
앞으로 나아간다. 아이가 저만치 간 엄마를 확인하고
뛰어가서 엄마를 앞지른다. 엄마가 아무 반응도 보이
지 않자 아이는 슬그머니 엄마 옆으로 가서 엄마 옷깃
을 잡아 본다.

   엄마는 운동장 가에서 멈추어 서더니 유치원 가방을
아이에게 건네주며 무어라 이야기를 하고 아이는 고개

를 끄덕이면서 엄마 얼굴을 조금이라도 더 보려는 듯 몇 걸음 뒷걸음치더니 엄마를 뒤로 하고 유치원 출입문을 밀고 들어간다. 나는 속으로는 엄마의 심경을 헤아리며 눈으로는 계속 엄마의 뒤를 좇는다. 교문 앞에서 횡단보도를 건너 아파트 사잇길로 빠르게 사라진다.

나도 그랬다. 내 생각, 내 일에 골몰하여 내 주위를 맴도는 아이들이 무엇을 원하는지, 그들에게 무엇이 필요한지 아랑곳하지 않고 열심히 산다고 앞만 보고 걸어왔다. 내가 직장 일에 지쳐 있을 때 나의 아이들은 서운해하고 쓸쓸해하며 나의 곁을 떠나갔을 것이고 그 기억이 잠재의식 어딘가에 자리잡고 있을 것이다.

이제부터라도 지금 곁에 있는 사람들을 찬찬히 한 번이라도 바라보며 살아야겠다. 그들이 무엇을 원하는지, 그들에게 무엇이 필요한지에 마음을 쓰며 살아야겠다. 외로운 사람, 몸이 불편한 사람, 배 고프고 추운 사람들을 만나 따뜻한 눈길, 다정한 말 한 마디라도 나누어야겠다. 내 배만 채우기 위해 살아온 날들을 참회하며….

시간의 밭

몇 달째 재방송 채널까지 알아놓고 틈이 생기면 같은 드라마를 보고 또 보며 시간을 보낸다. 드라마를 보면서 느끼는 것들이 있어 좋고 혼자 미소도 짓게 해 주는 매력에 이끌려 어느새 시간의 여유가 있을 때면 리모콘을 갖고 소파에 길게 누워 드라마를 보는 것이 습관이 되어 버렸다.

새 달력의 첫 장과 함께 1월이 자취를 감추었고 2월 또한 또박또박 앞으로 나아가고 있는데 난 한 걸음도 전진하지 못했다는 생각이 든다. 이렇게 드라마에 심취해 지낸다면 추수의 때가 왔을 때 거두어들일 것이 아무것도 없는 텅 빈 곳간에 후회의 눈물만 가득할 것 같다.

오후 세 시, 소파에 누워 드라마를 보다가 벌떡 몸을 일으키고 TV 전원을 껐다. 드라마의 즐거움에 매달려 사는 동안 내 '시간의 밭'에 뿌린 씨가 하나도 없음을 깨달았다. 이제부터라도 '시간의 밭'에 씨 뿌리기를 시작해야 한다. 심고 거두는 일의 순환으로 한 해가, 일생이 이루어지기 때문이다. 때가 되었을 때 거두고 싶은 열매의 씨앗들을 지금 하나하나 차례차례 정성껏 심고 뿌리며 '시간의 밭'을 일궈야 한다.

땅만 땅이 아니고 물만 물이 아니다. 시간이 땅이고 시간이 물이다. '시간의 밭'에 부지런히 씨앗을 심어 두면 시간은 물이 되어, 씨앗에서 생명이 싹트고 자라고 열매 맺고, 풍성히 거두어들이는 복으로 되돌려준다.

TV드라마의 그림자 같은 관객으로 살아가기보다 '시간의 밭'을 소중히 가꾸는 농부 역할에 충실하자. 겉으론 편하고 즐거워도 속까지는 만족하지 못하는 드라마의 세계에서 그만 탈출하여, 틈만 나면 '시간의 밭'에 눈물로 씨를 뿌리며 속까지 든든해지는 세상을 맛보며 알아가자.

그러길 잘했어

올 한 해는 내가 나를 위로하고 격려하며 힘 있게 전진하고 싶다. 해야 될 일을 하고 나서, '그러길 잘했어!'라고 미소 지으며 나에게 말해 주고 싶다. 해야 될 일들이 늘 밀려 있는 상황에서 한 가지 한 가지 일을 처리해 나갈 때마다 '그러길 잘했어!'라고 말해 준다면 달리는 말에 채찍을 가하듯 더 힘을 얻을 것 같기 때문이다.

설거지를 하고 나서, 청소를 하고 나서, 어려운 이웃을 찾아가 마음을 나누고 돌아오면서, 병상에 계신 어머니를 뵙고 돌아오면서, 신호등을 지켜 길을 건너면서, 가족들에게 환한 얼굴로 말 걸어 주면서… '그러길 잘했어!'라고 내가 나에게 속삭여 주고 싶다.

　아무리 버둥거려도 '현실'은 '이상'을 따라잡기 힘들다. 하지만 '이상'이 없는 '현실'은 나침반을 잃은 배처럼 표류할 수밖에 없으니 '이상'을 향해 '현실'을 거슬러 나아가야 한다. '그러길 잘했어!'라고 스스로를 칭찬해 줄 수 있는 방향으로 뱃머리를 향하고 전진해야 한다.

　어떻게 살아야 되는지 모두가 알고 있지만 정작 아는 대로 행하며 사는 사람은 많지 않다. 힘이 들기 때문이다. 힘이 들어서 포기하고 주저앉아 스스로도 만족스럽지 못한 하루를 사는 날들이 대부분이다. 그래서 새롭게 생각하고 새롭게 살라고 선물로 받은 새해, 2011년엔 내가 나를 위로해주고 격려해주고 칭찬해주며 힘 있게 전진하고 싶다.

　호떡 굽는 아주머니의 미동하는 눈동자를 그러안으며 "그러길 잘하셨어요! 꿈을 이루세요!"하고 용기를 불어넣어주며 함께 힘찬 하룻길을 걷고 싶다. 어느새 훈풍이 거리에 가득하다.

밑 빠진 독

가족 간에 돈 때문에 불화가 발생하는 것을 보며 어린 마음에 돈을 버리기로 했다. 제국주의 식민주의도 결국은 돈 때문이었음을 알았을 때 돈을 버리기로 했다. 그래서 그랬는지 돈은 쓰기 위해 버는 거라 생각하며 계획 없는 소비 생활을 했다. 저금통에 돈을 넣지 않았으며 저금통장 하나 없이 28년 여의 직장 생활을 마쳤다.

아들이 군 입대를 하고 한 가지 결심을 했다. 아들이 군복을 입고 있는 동안은 옷을 사지 않기로. 절제한 돈으로 적금을 붓기로…. 22개월 뒤에 아들은 전역했고 내겐 처음 목돈이 생겼다.

나의 경제생활을 돌이켜 보니 돈을 줄줄 흘리며 산 것 같고 밑 빠진 독에 물을 부으며 산 것 같다. 집안 구석구석 없어도 되는 물건들, 사 놓고 맘에 들지 않아 입지 않는 옷들, 사용하지 않는 그릇들…. 즉흥적으로 구매하는 습관을 고치기 위해, 머릿속으로 세 번 이상 필요하다고 생각한 것만 구매하기로 나를 세뇌시킨다.

가계부를 왜 쓰는지 이제야 알 듯하다. 1년 예산을 세워보고 예산에 맞게 지출하려고 하니 자연히 계획에 없는 것들에 대한 지출이 줄었다. '티끌 모아 태산'이란 말은 어릴 적 들어 알고 있지만 '티끌'을 모으는 일에 소홀해서 '태산'은 아예 없는 일이 되어 버렸다. 이제부터라도 '티끌'을 소중히 여기며 살아야겠다.

그런데 왜 마음이 편치 않을까. 재물을 줄줄 흘리며 밑 빠진 독처럼 살 때는 마음이 편했는데 흘리던 것들을 챙겨 모으려 하니 마음이 불편하다. 모으는 일에 익숙하지 않아서일까 아니면 '禍'의 근원(?)을 쌓는 일에 동참하는 것이 부담스러운 걸까.

高手와 下手

　나는 인생의 下手임을 고백한다. 나이에 걸맞지 않게 단순하게 생각하고 행동하는 내가 인생의 하수일 수밖에 없음을 절감한다. 산 초입에서 눈에 보이는 길 하나만 알고 말하는 하수가 산 정상에서 여러 갈랫길을 내려다보며 최선의 길을 아는 高手들과 이야기를 주고받는 일은 유쾌하지 못했다.

　눈에 보이는 길에 관심이 없어서인지 다른 사람보다 앞서가고 빨리 가는 길을 모른다. 오히려 뒤에 처진 동행에게 관심이 가고, 돕고 의지하며 맨 끝에 서서 느리게 그러나 함께 웃으며 걷기를 소망한다. '꽃들에게 희망을' 이라는 책이 나에게 그렇게 살아야 됨을 가르쳐 주었다.

　애벌레의 삶만 있는 것이 아니라 그 너머 나비의 삶이 기다리고 있음을 생각하게 해 주었다. 애벌레마다 앞서가는 애벌레들의 뒤를 따라가고, 그들이 모여 이룬 높은 기둥의 정상을 향해 다른 애벌레들을 짓밟으며 힘을 다해 올라갔을 때 그곳엔 아무것도 없었고, 밀고 올라오는 또 다른 애벌레들에 의해 밀려 추락하는 일이 기다리고 있을 뿐임을 작가는 지금도 나에게 말하고 있다.

　내가 세상길에 둔하고 때때로 곁에 있는 사람들을 답답하게 하는 인생의 하수로 살아가는 것은 나비의 삶을 꿈꾸기 때문이다. 애벌레의 생명을 누리다가 흙으로 돌아가기보다, 나를 둘러 고치를 짓고 고치 안에서 오래 참다가 햇살 좋은 봄날에 노란 나비가 되어 금수강산을 자유로이 날아다니고 싶은 꿈을 꾸기 때문이다.

　하수가 고수와 겨루면 백 번 싸워 백 번 짐을 알기에 세상사 힘겨루기를 내려놓고 하수임을 자인하며 나의 안식처 고치 안으로 기어든다.

어머니의 유산

여든 아홉을 맞으신 뼈만 남으신 어머니, 기력이 쇠하여 가시는 어머니를 찬찬히 들여다보고 있노라면 유독 손이 크시다. 가난한 살림에 자식들의 학업을 뒷바라지하기 위해 밤낮 없이 수고하신 손이다. 많이 쓰면 발달한다고 했는데 어머니의 유독 큰 두 손이 어머니의 부지런함을 증명하고 있다.

언젠가부터 어머니에게 유산으로 물려받고 싶은 것이 생겼다. '부지런한 습관'이다. 작은 체구에 잠시도 가만히 계시지 않고 몸을 움직이시며 무언가를 하신다. 며느리인 내가 어머니 집 청소를 할 일이 없다. 우리 집보다 항상 더 깨끗하기 때문이다. 일을 겁내는 내겐 그런 어머니가 늘 존경스럽다.

난 선천적인 약골로 태어나 힘이 부족해서 몸으로 하는 일을 싫어하고 힘들어하는 줄 알았다. 그런데 가만히 보니 힘이 넘치는 건강한 사람들도 해야 할 일들을 뒤로 미루고 일하기를 싫어하는 것을 보며 '게으름'은 '습관'임을 알았다. 내겐 고질병 같은 '게으른 습관'이 붙어 있다.

어머니의 부지런함을 물려받고 싶다고, 어떻게 그렇게 부지런할 수 있냐고 어머니께 여쭈었더니, "지금도 일은 무섭지 않다. 깨끗하게 해 놓고 사는 게 제일이야"라고 말씀하신다. 그 말을 들으며 일을 무서워하는 내 모습이 보였다. 할 일이 생기면 먼저 힘이 빠지고 여러 날을 뜸들이다가 마지막에 겨우 해내는 나. 무서워하면 지는 거라더니 일을 무서워해서 일이 어렵고 힘들게만 여겨졌나 보다.

어머니의 부지런한 모습을 되새기며 석양에 바쁜 게으른 자의 모습에서 벗어나고 싶다.

활짝 웃어요

우연히 TV에서 「마더 데레사」영화를 보았다. 데레사 수녀에 대해 많은 것들을 알게 되고 느끼게 되었는데, "그리스도인은 항상 기뻐해야 돼요. 많이 웃으세요. 웃음은 하나님의 선물이에요. 웃어 주는 것은 하나님의 선물을 나누어 주는 거예요"라는 말이 가뭄 든 밭에 물이 스며들 듯 마음을 적시었다

종일 혼자 집안에서 시간을 보내다 보니 웃을 일이 없는데, 내 속에서 '활짝 웃어요'라는 말이 며칠을 두고 맴돈다. 참 좋은 말이라고 생각하며 활짝 웃으며 살기를 바라시는 주님의 뜻인가, 어떻게 하면 활짝 웃게 될까 이런저런 생각에 잠긴다.

고난주간이다. 우리를 사랑하사 우리를 위하여 자기 자신을 버리신 하나님의 아들이 십자가에서 죽으신 고난을 묵상하며 지나는 기간이다. '십자가에서 죽은 예수'를 하나님의 아들 그리스도라고 믿는 자들을 잡으러 다니던 바울은 다메섹 도상에서 예수를 만나고 인생길이 달라졌다. 항상 기뻐하고 범사에 감사하고 쉬지 않고 기도하며, 예수가 하나님의 아들이요 그리스도임을 증거하는 사도가 되었다. 데레사 수녀도 예수 그리스도를 만나고 인생길이 달라졌다. 교사의 길을 버리고 가난하고 병든 자들에게 그리스도를 대신하여 사랑과 웃음을 나누어주는 선한 이웃이 되었다.

혼자라서 웃을 일이 없다는 생각에서 벗어나 거울이라도 보며 나에게 활짝 웃어주자. 나에게 웃음을 찾아주기 위해 내 대신 십자가에서 죽으신 하나님의 아들, 예수 그리스도, 그분을 기억하며 활짝 웃자. 예수님 만나고 내 인생길도 달라지도록 활짝 웃자!

사랑 꽃

　근검절약하며 어려운 청소년들을 후원하며 사는 친구가, 세상에서 가장 아름다운 꽃은 '사랑 꽃'이라고 말한다. 사랑으로 꽃 피워 본 자만이 알 수 있고 할 수 있는 말일 것이다.

　내 기억 속에도 '사랑 꽃'이 한 송이 있다. 지금은 40대 중반을 넘은 제자, 지역 사회에서 유지가 되어 행복하게 살고 있는 제자, 그는 내게 할 말을 품고 살다가 드디어 어느 날 상봉하게 되었을 때 그 말을 털어놓았다. 살면서 힘들 때마다 선생님이 사준 '실내화'를 생각하며 어려움을 극복했고 그러다보니 지금은 고향에서 선한 영향력을 끼치며 보람 있는 삶을 살고 있다는 것이었다.

첫 발령지 시골 중학교, 교실 바닥은 시멘트였고 그래서 까까머리 신입생에겐 더욱 차갑고 추운 3월, 책상 다리 밑으로 보이는 실내화 신지 않은 맨발, 몇 주가 지나도록 실내화를 갖고 오지 못하는 아이에게 실내화를 사 주었나 보다.(실내화 못 신은 발을 보며 마음이 아렸던 기억은 어렴풋이 나지만 실내화를 사 준 기억은 감감하다)

옆반 담임인 국어 선생님이 사준 실내화 한 켤레가 가난하고 순진한 중1학생에게 삶의 고비마다 역경을 이겨내고 아름다운 꽃을 피우게 한 힘이 되었다. 그 제자는 몇몇 동창들과 저녁을 먹는 자리에서 충분히 발효된 생각인 듯 조용히 이야기를 풀어갔다.

그의 말을 들으며 속으로 내가 더 고마웠다. 실내화를 받고 부끄러워하거나 불쾌하게 생각지 않고 감사하는 마음을 가진 것이 고마웠다. 그 작은 사랑으로 시들지 않는 탐스런 꽃을 피워 주어서 고마웠다.

화분 앞에서

계절의 여왕 5월, 우리 집 베란다에도 꽃들이 피고 잎들이 무성하다. 틈틈이 다가가 새순이 나왔는지, 얼마나 컸는지, 어디 꽃대가 숨어 있는지, 목마르지는 않은지… 찬찬히 들여다본다. 하루에도 그러길 몇 번, 하루를 돌이켜보면 베란다 화분들을 들여다보며 보낸 시간이 가장 많을 듯싶다.

시간가는 줄 모르고 화분 앞에서 지내다가 불현듯 떠오른 생각 하나! 내가 딸아이보다 화초들을 더 사랑하는구나! 딸의 방을 들여다보는 시간보다 화분을 들여다보는 시간이 훨씬 많은 건 딸보다 화초들을 더 사랑한다는 증거 아닌가.

어수선한 딸의 방이 떠올랐다. 매일 화분을 들여다보듯 딸의 방을 들여다보고 알뜰살뜰 정리해주면 어떨까. 그러면 딸아이 삶 속에도 훈풍이 불고 생기가 돌아 새순이 돋고 꽃이 피고 잎이 무성한 아름다운 축제의 날이 오지 않을까.

제 일은 제가 알아서 할 나이가 되었다고, 제가 알아서 하기를 기다리며 모르쇠로 지내고 있는데, 화분을 살피듯 딸아이 방도 날마다 들여다보아야겠다. 믿는 구석이 있어서 내버려두고 있는지도 모르는 딸의 방, 오랜만에 구석구석 묵은 때들을 닦아내야겠다.

그리고 미안하다는 말을 적은 예쁜 엽서를 깨끗해진 화장대 위에 올려놓으리라. 화초들과 비교할 수 없는 귀한 인생, 화초보다 더 사랑하고 더 사랑받아야 하는 딸! 딸아이가 출근하고 나면 화초를 들여다보는 것보다 더 기쁘게 찬찬히 딸의 방을 들여다보자. 세상에 하나밖에 없는 아름다운 꽃을 피우고 탐스런 열매를 맺을 딸아이의 내일을 기다리며….

내일을 위하여

몸은 공기로 말미암아 숨을 쉬고 음식으로 말미암아 힘을 얻으며, 마음은 좋은 생각으로 말미암아 즐거워지고 목적과 목표가 분명할 때 힘이 생긴다. 요즘 그렇게 사는 친구가 있다. 퇴직 후에 갤러리를 하겠다는 목표를 갖고 부지런히 경매장을 오가며 작품들을 사 모으는 행복을 누리고 있다. 예술 작품에 문외한인 내게도 그 친구의 기쁨이 전해져 온다.

미래를 위해 난 무엇을 할까 잠시 생각해 본다. 친구의 거실과 방에 귀중한 예술품들이 들어찰 때 내 안엔 무엇을 채울까. 거실이나 방 대신에 내 마음을 채우리라. 세상에서 가장 귀한 말씀들로 채우리라. 살리기도

하고 세우기도 하는 생명의 말씀들로.

눈에 보이는 것들은 눈에 보이지 않는 것으로부터 말미암는다. 나무가 눈에 보이지 않는 뿌리로 말미암아 존재하고, 치솟는 건물들도 보이지 않는 기초로부터 시작되었다. 눈에 보이지 않는 것들로부터 눈에 보이는 모든 것들은 비롯된다.

'修身齊家治國平天下'의 의미를 되새겨 본다. 제가, 치국, 평천하의 뿌리가 '修身'이라는 생각이 들기 때문이다. 뿌리가 건강해야 나무가 잘 자라고 좋은 열매도 맺을 텐데, 아직도 아침마다 잠자리에서 '좀 더 눕자, 좀 더 자자, 좀 더 졸자' 하며 태만히 행하는 어리석은 나를 벌떡 일으켜 세워줄 지혜의 말씀들로 내 마음 곳간을 채워가자.

"창조주를 경외하는 것이 지식의 시작이지만, 어리석은 자들은 지혜와 교훈을 멸시한다."

여름 맞이

    이른 봄날, 민들레꽃을 발견하고 "어, 민들레꽃이 피었네"하며 반가워하는 사람이 있어서 세상이 아름답다. 주차된 차 밑에 웅크리고 있는 도둑고양이를 발견하고 "야옹아, 이리 와봐"하며 다가가 불러주는 사람이 있어서 세상이 아름답다. 오해를 당하고 의심을 받아도 의연히 자기 자리를 지키며 눈덩이처럼 불어난 소문이 잠잠해지기를 기다릴 줄 아는 사람이 있어서 세상이 아름답다.

    세상은 분명 아름답고 사람들의 삶은 감동적이건만, 잠에서 깨어난 내겐 아직 덜 풀린 피로감으로 몸도 맘도 무거운 아침이다. 설거지를 끝내고 TV 전원을 켠다. 목마른 사슴이 물을 찾듯 리모콘으로 여기저기 채널을 돌리다가 '왜 우리는 행복하지 않은가'라는 제목으로 특강 중인 화면에서 멈춘다.

자기에게 있는 것들은 생각하지 않고 자기에게 없는 것들에 집중하기 때문에 사람들이 행복하지 않다고 말한다. 바로 지금 내 모습이다. 부족함이 없으나 행복한 느낌이 없고 오히려 허기지고 무기력해진 모습으로 어슬렁거리는 나.

잠자리에서 눈을 떴을 때 내게 있는 것들에 대해 감사하는 마음이 없었다. 아니, 감사해야 마땅한 진리에서 떠나 있었다. 새 날을 살기에 충분한 생기가 충전되지 못한 것은 내 삶의 방식이 진리를 떠나 있었기 때문이다. 어디선가, 감사하는 만큼 행복해진다는 말을 듣기도 했고, '감사'는 기적을 낳는 말이기도 하다. 세상에 존재하는 모든 것, 내게 있는 모든 것이 '선물'임을 기억하고, 눈에 보이는 것들 하나하나 이름을 불러가며 순간순간 감사하는 연습을 하자. 그리하여 생기로 충만한 행복한 여름을 맞이하자

어느 동화 작가의 꿈

유·초등 시절을 건조하게 보낸 내겐 그 나이 또래의 아이들에 대한 관심과 느낌이 빈약하다. 초등교사가 되지 않은 첫째 이유다. 세 자녀가 성인이 된 지금 내 기억 속엔 그들의 유·초등 시절의 천진난만한 모습들이 생생하고 그들로 인해 느꼈던 행복감은 그들과 함께 했던 모든 힘듦과 고통을 다 보상해 주고도 남는다.

동호회 모임에 동화, 동시를 쓰는 분들이 계시다. 이분들의 작품을 읽으며 동심의 세계를 소재로 글을 쓰는 것이 큰 복이라는 생각이 든다. 선물로 받은 월간 〈아동문학〉지를 읽으며 동심의 세계에 빠져본다. 일반 문예지는 받으면 무얼 읽을까 뒤적이다가 흥미를 잃고 마는 경우가 대부분인데, 이 책은 넘겨지는 대로 어디를 읽어도 흡인력이 강하다. 이러다가 〈아동문학〉 정기 구독자가 되는 게 아닌가 하는 생각을 하며 책장을 넘긴다.

초등교사를 30년 넘게 하고 퇴직 후 동화를 쓰는 분이 계시다. 이분의 작품 세계는 '꿈, 사랑, 희망, 기쁨, 이해, 감동' 같은 밝은 빛으로 가득하고, 앞으로도 그런 작품들을 쓰고 싶다고 말씀하신다. 그 밝은 세계가 의미하는 것이 무엇인지를 확실히 아시기 때문이다.

동화는 아이들만 읽는 것이 아니라 어른도 읽어야 한다는 생각에 이른다. 동화를 읽으며 잃어버린 꿈과 사랑을 회복해야 하고, 점점 멀어지는 듯한 서로에 대한 이해와 포용의 마음, 메말라가는 눈물을 되찾아야 한다. 건강한 삶, 아름다운 세상이, 동화를 쓰고 동시를 쓰는 작가들의 손끝에서부터 시작되는 것을 누가 알까.

호접란 꽃망울

혹시나 하며 잎만 남은 호접란에 계속 물을 주었더니 드디어 꽃대가 생겨나와 꽃망울을 터뜨리고 있다. 눈에 잘 안 띄는 구석에 두었다가 최고의 대접을 받는 자리로 옮겨왔다. 꽃대가 나와서 부가가치가 높아진 것이다.

동창 모임에서 40년 만에 만난 한 친구가 내 눈엔 부가가치 덩어리로 보였다. 건네받은 명함엔 깨알보다 작은 글씨로 약력과 강의 분야가 빼곡히 적혀 있었다. 언제 어느 자리에 세워 놓아도 거침없이 시를 낭송하고, 해박한 지식과 웃음으로 청중들의 마음의 응어리를 풀어주고 어루만지며 행복의 길로 안내하는 탁월한 능력의 소유자가 되어 있었다.

50이 넘어 꿈을 안고 입학한 대학 과정에서 교수님과의 만남으로 인생의 전환점을 맞이했고, 그 후 부단한 도전과 노력으로 17개의 자격증을 획득한 멀티 플레이어다. 「스마일리더십아카데미」 원장으로 일하며, 어디서 무슨 강의 청탁이 들어오든지 "예"만 있고 "아니오"는 없는, '건강과 행복을 나누어 줄' 준비된 나날을 살고 있는 친구다.

어제 만난 친구는 중국어를 배우고 있다. 왜 배우는지 자세한 이야긴 못 들었지만 그도 지금 그의 부가가치를 높이고 있는 중이다. 나는 나의 부가가치를 높이기 위해 무엇을 하고 있는가. 아침마다 10분간 영어 방송을 듣는 것, 그 강의 선생님 가르침대로 날마다 배운 부분을 큰 소리로 읽으며 복습하는 것, 영어로 의사소통을 할 수 있을 때까지 포기하지 않는 것….

인내의 시기가 지나고 피기 시작한 꽃자주 빛깔의 호접란 꽃망울들은 여름내 내 마음의 꽃밭을 행복하게 할 것이다.

마음의 병

　온종일 TV 채널을 만지작거리며 무기력하게 보낸 저물녘, 쓰레기를 버리기 위해 아파트 출구를 나서는데, '아, 내가 오늘 하루 마음의 병을 앓은 거구나'하는 깨달음이 왔다. 기운이 없어서 일하지 않고 누워 있는지 알았는데, 사실은 '마음의 병'을 앓은 것이었다.

　속이는 자에게 속임을 당한 하루였다. 속이는 자는 속이는 자답게 보이지 않게 다가왔다. 보는 이의 마음을 끌어당기는 드라마, 영화, 오디션 프로그램처럼 달콤하게 다가왔다. 내가 할 일을 미루어 두게 했고, 수많은 TV채널을 돌리며 볼 만한 프로그램을 찾게 했다. 시간이 지날수록 어깨는 무거워졌고 나중엔 머리까지

지끈거렸다. 여중1년생이었던 어느 하루, '선데이 서울'을 처음부터 끝까지 일삼아 읽고 나서 머리가 아파 고생했던 기억이 떠올랐다. 내게 TV는 '선데이 서울'이었다.

TV는 '선데이 서울'이라는 결론에 이르자 속이는 자는 힘없이 떠나갔다. 속이는 자에게 속아 손발이 묶인 상태로 TV 앞에서 하루를 도둑맞은 내 귀에, 속이는 자에게 속는 이들의 목소리가 들린다. 나이보다 어려 보이는 것이 좋은 일이라는 생각, 나이보다 어려 보이기 위해 시간과 물질을 투자하는 이들의 몸부림. 이 또한 속이는 자가 심어준 거짓 메시지인데, 하는 생각이 든다. 우리의 삶을 지배하고 이끌어가는 거짓 메시지는 한둘이 아니다.

속이는 자는 '보이는 것'들을 통해 우리의 이성과 감성을 사로잡는다. 그곳에 우리의 생각과 마음을 묶어두려고 있는 힘을 다한다. '보이지 않는' 영원으로 나아가는 출구를 우리가 찾지 못하도록….

4.
겨울

열대어 기르기

　열대어 일곱 마리를 사다가 집에 있는 유리병을 이용해 어항을 만들어 책상 위에 놓은 지 넉 달이 지났다. 그 사이 또 하나의 어항이 준비됐고 그 속엔 네 마리의 어미가 낳은 스물세 마리의 새끼들이 사이좋게 자라고 있다.

　그 생명들은 온전히 내 손 안에 있다. 때때로 물을 갈아주고, 아침저녁으로 먹이를 주고…. 그들은 삶의 조건이 갖추어져 있는 어항 속에 내던져진 생명체이다. 물속에서만 살 수 있는 저들에게 물 밖의 세계가 존재할까. 물을 갈아주고 먹이를 주는 손이 물 밖의 세계에 존재하는 것을 알까.

생각해 보니 나도, 삶의 조건이 갖추어진 지구 위에 내던져진 생명체다. 태양과 구름과 비, 흙과 물과 바위, 산과 숲과 공기, 아침과 저녁…. 그 부족함 없는 자연 속에서 의식주의 문제를 해결해 나가는 것이 사는 일이다. 어항 속의 물고기와 땅 위의 내가 사는 법이 다르지 않다.

발소리를 듣는 건지, 방에 들어서면 위로 몰려들어 먹이를 기다리는 기쁨을 몸부림으로 표현한다. 먹이를 주는 내 맘도 기쁘고 행복하다. 시간과 힘이 투자되는 열대어 기르기를 왜 하는지 이해 못한 적도 있지만, 시간이 지나면서 조금씩 깨닫는 것이 있다. 열대어를 기르는 것이 나를 기르는 것이고, 열대어를 살게 하는 것이 곧 나를 살게 하는 것인 것을….

먹이를 넣어 주면 쪼르르 달려와 입에 무는 예쁜 열대어들을 보며 생각한다. 나도 때마다 위로부터 내려오는 양식을 기쁨과 감사의 몸짓으로 기다리고 먹어야 하는 것을, 내가 어항 밖에서 열대어들을 들여다보듯 지구 밖에서 우릴 들여다보고 계실 내 생명의 주인을….

성적표

꿈속에서 성적표를 받았다. 60점. 3등 했다고 좋아하는 사람, 91점 적힌 성적표도 보였다. 시험을 위해 애쓰지 않은 내 모습이 떠오르며 후회로 몸이 오그라드는 듯했다. 잠에서 깨어나서도 뼈가 저리는 듯한 전율이 계속되었다.

그날 아침 어항 속에서 내 모습을 발견했다. 관상어 먹이를 주는데 가장 작고 약해 보이는 놈이 먹이를 향해 달려오지 않고 '너희들 많이 먹어라'하는 듯 혼자 저만치 그대로 있다. 빠르게 달려와 먹이를 무는 물고기들과 달리 홀로 초연한 듯 떨어져 있는 어린놈이 안쓰러웠다. 먹이를 입에 물게 해 줄 수도 없는데….

먹이를 향해 달려드는 세상 속에서 '저만치' 떨어져 있으면 편한 것을 터득한 나는 어항 속 어린 물고기처럼 그렇게 살았다. 희로애락은 지나가고 있는 중이라는 생각으로 희로애락에 초연해서인지 하루를 잘 살기 위해 악착스레 힘을 내 본 기억이 없다.

아침마다 넣어주는 물고기 밥은 의욕적으로 빠르게 달려와 무는 놈의 것이 된다. 먼저 태어나 등치가 커진 물고기들은 쑥쑥 자라는 것이 눈에 보이고 새끼들은 여전히 새끼의 모습으로 있다는 느낌을 가졌는데, 힘 있는 큰 놈들이 먼저 먹이를 차지하기 때문인 것 같다.

내 몫은 내 것이 되도록 힘을 내는 것이 선한 일이다. 힘이 들어도 주저앉지 말고 있는 힘을 다해 인내하며 나아가야 한다. 받은 은혜 잘 관리하며 사랑하는 일에 최선을 다해야 한다. 성적표를 받는 그날이 가장 기쁜 날이 될 수 있도록….

물의 미학

　3일간 제주여행의 핵은 물의 미학을 깨달은 것이다. 우도에서 나오는 선상에서 밝은 햇살 속에 넘실거리는 푸른 바다를 바라보며 생각에 잠긴 일이다.

　종이처럼 칼로 베어지지도 나누어지지도 않고, 바위처럼 부서지지도 깨뜨려지지도 않는 물. 높음도 낮음도 없는 물. 오직 쉼 없이 거대한 몸을 움직이며 하나 됨을 이루어내는 바다. 대륙과 크고 작은 섬들을 감싸 안고 출렁이는 바다. 책상 위에 놓여 있는 작은 지구의에서 태평양의 크기를 보며 감탄했는데, 지구가 한 덩어리가 되어 자전과 공전을 할 수 있는 것이 바다 덕분이라는 생각이 들었다.

사람 몸을 이루고 있는 대부분이 물이라고 한다. 하루에 물을 7~8잔 마시는 게 좋다고도 한다. 그 말들의 의미를 이제야 알 것 같다. 우리 몸 속에 들어간 물은, 모든 구성 요소들이 균형과 조화를 이루며 하나 되게 해 주는 역할을 할 것이다. 물의 능력과 소중함이 새록새록 깨달아질수록 무심코 마신 물들과 생각 없이 허비해 버린 많은 물들에게 미안한 생각이 든다.

대기도 마찬가지일 것이다. 보이지 않고 느껴지지 않아서 그렇지 바람과 구름도 끊임없이 하나 됨을 향해 움직이고 있을 것이다. 모든 생명체들이 숨 쉬고 살 수 있도록 그들의 역할을 다하고 있을 것이다.

그 속에 살고 있는 우리도 마찬가지여야 할 것 같다. 바다처럼 바람처럼 하나를 이루어내기 위해 고민하며 출렁이며 살아야 할 것 같다. 그래서 시인들은 시 속에 바람과 구름, 강과 바다를 들여놓는가 보다. 가만히 들여다보면 쌀알만한 노란 꽃잎 속에 바다가 하늘이 들어 있다.

빛이 있는 동안에

운동할 수 있을 때 운동하지 않으면 운동할 수 없을 때 후회할 거란 생각이 마음을 두드린 저녁, 설거지를 마치고 음식물쓰레기를 챙겨 현관문을 나선다. 긴 옷을 입어야 할 만큼 공기가 차다. 운동해야 한다는 건강 검진 결과를 오랫동안 무시하고 지낸 것을 생각하며 명암지 산책로로 향한다.

스피커를 통해 흘러나오는 가요에 맞춰 몸은 경쾌하게 움직이고, 머릿속엔 어릴 적 달력에서 보았던 '주자십훈' 같은 구절들이 줄줄이 떠오른다. '운동할 수 있을 때 운동하지 않으면 운동할 수 없을 때 후회하고, 있을 때 아끼지 않으면 없을 때 후회하고, 건강할 때 건강을 돌보지 않으면 건강을 잃은 뒤에 후회하고, 일할 수 있을 때 일하지 않으면 일할 수 없을 때 후회하고, 부모님이 살아계실 때 효도하지 않으면 돌아가신 뒤에 후회하고….' 그동안 내 삶 속에서 무시당했던, 그러나 맘속 깊이 가라앉아 있던 교훈들이 되살아난다. 몸과 함께 마음도 운동을 시작했나 보다.

살아오면서 무시한 것들이 너무도 많다. 아니, 내 맘에 들지 않는 모든 것들을 무시하고 살았다. 부모님 말씀, 선생님 말씀, 교칙, 교통법규…. 하물며 그리스도인으로서 그리스도의 가르침까지도…. 달면 삼키고 쓰면 뱉는 어린아이 같은 미숙한 삶이었다.

'옳은 것과 그른 것을 분별할 수 있는 능력을 주시고, 옳은 것을 선택하며 나아갈 수 있는 용기를 주십시오.' 기도가 가슴 깊은 곳으로부터 솟아올라 입 안에서 맴돈다. '빛이 있는 동안에 빛 가운데 행할 수 있는 은혜를 주십시오. 우리는 모두 빛이 필요합니다.'

영혼의 상처

요즘 TV드라마의 주인공이 말문이 막혀 말을 하지 못하는 함구증을 앓는다. 마음 문이 닫혀서 말문이 막히는 병이란다. 주인공의 처지에 십분 공감하며, 보이지 않던 그 마음의 상처가 조금씩 보인다. 흔들리지 않고 피는 꽃이 없는 것처럼 상처 없이 자라는 영혼도 없다.

마음에 상처가 있는 사람은 그 상처를 통해 사물을 인식하고 반응하기 때문에 사물이나 사실이 굴절되고 왜곡되어 표현되기 십상이며 그러한 반응은 옆에 있는 사람들을 괴롭게 한다. 그래서 그런 사람 주변엔 늘 불협화음이 발생된다. 함구증을 앓는 주인공의 딸의 그러한 무의식적인 반응이 새로운 상처를 상대방의 가슴에 만들어 내고, 주변 사람들을 힘들게 하는 것을 본인은 모른다.

사람의 마음은 밟으면 밟는 대로 자국이 남는 비온 뒤의 운동장처럼 들리는 말들이 마음에 그대로 새겨진다. 우리가 서로 덕담을 나누며, 상대방의 단점은 덮어주고 장점을 보고 칭찬하며, 상대방의 실수를 오래 참으며 살아야 하는 이유이다. 상처 없는 영혼은 한 사람도 없다. 상처를 감추고 살아갈 뿐이다.

상처가 피해의식이 되어 나와 남을 상처 내는 칼날이 되지 않게 하기 위해선 상처를 대하는 눈이 건강해야 한다. 상처의 원인을 남에게서 찾으면 평생 짊어지고 갈 무거운 짐이 될 것이고 상처의 원인을 내게서 찾으면 세상에 하나밖에 없는 보물이 될 것이다.

상처는 그 사람을 사람답게 아름답게 만든다. 그 상처를 잘 보듬어 안고 긍정적으로 반응하면 그 사람에게서만 볼 수 있는 무지개가 된다. 불순물이 들어간 조개의 상처가 자라 영롱한 진주가 되는 것처럼….

팔려가는 당나귀

　초등학생 때 읽은 '팔려가는 당나귀'의 주제를 이해 못한 채 수십 년을 지내다가 며칠 전, 출가한 딸과의 동행 길에 딸에게 그 동화의 주제를 물었다. 딸은 대뜸 "남의 말을 그대로 받아들이면 안 된다는 거죠"라고 대답한다. 나중에는 나귀를 메고 가더라고 하면서….

　요즘도 사람들의 말을 들으며 그대로 받아들이는 성향이 있는 나에게, 어린 시절 읽은 그 이야기는 이해가 안 되었다. 조언(?)하는 사람들의 이야기대로 하는 게 왜 잘못인 건지….

　딸의 말을 듣고 나서야 '그렇구나!' 가슴 속이 시원해졌다. 그러니까 나는 작가의 의도를 생각하지 못했고 내 중심으로 이야기를 읽었기 때문에 '주제가 뭐지?'라는 질문이 계속 남아 있었다. '청개구리' 동화를 읽고 난 후, 아버지가 뭐라고 말씀하시든 아버지니까 그 말씀에 그대로 순종하리라 다짐하며 살던 순진한 어린이다운 생각이었을까.

오늘도 상대방의 말에 귀 기울이는 것이 습관이 되어버린 듯 내 말을 하기보다는 상대방이 말을 잘 할 수 있도록 상대방의 눈치를 살피며 듣는 내 모습이 보인다. 아니, 상대방의 입술에서 나오는 말보다 눈빛을 통해 보이는 상대방의 마음이 먼저 내 마음을 치기 때문에 난 언제나 '말 잘 듣는 사람, 말 잘 못하는 사람'으로 남을 것이다.

'팔러가는 당나귀'를 제대로 이해하고 기억하고 있는 딸은, 남의 이야기를 제대로 듣고 자기 이야기를 제대로 하는, 잘 배운 사람다운 품위로 세상을 잘 살아가리라 믿으며, '팔러가는 당나귀'와 함께 제 자리로 떠나보낸다.

허물벗기

애써 밝게 긍정적으로 글을 쓰느라 고심하는데, 내 글을 읽은 친구의 한 마디는 글이 우울하고 자신감이 부족하다고 한다. 헤어지고 그 말을 곰곰 되새겨 보니 그 친구의 눈이 정확하다. 내가 쓰는 글은 나의 허물을 한 겹 한 겹 벗겨내는 작업이기 때문이다.

자기 생각이 옳다는 확신을 갖고 말하고 행동하는 사람을 보며 '벗어야 될 허물이 많구나. 저 허물들을 벗어야 비로소 세상이 살 만한 아름다운 곳이라는 생각이 들텐데…' 하는 생각이 들었다. 살면서 얻은 불완전한 (?) 지식, 정보, 경험들이 그의 나라를 이루었고, 그 성에 자기를 가두고 다른 것은 용납하지 않을 듯한 기세의 고집 앞에서 그런 느낌을 받았다.

　다음 순간 거울을 보듯이 그 모습 위에 내 모습이 겹쳐졌다. 내가 그렇게 살아왔고 살고 있다. 나도 그런 허물들을 하나하나 벗으며 벗은 만큼 자유로워졌고, 지금도 허물을 벗는 중이다. 아마 이 땅에서 생명을 다하는 순간까지 끝이 없는 작업일 것이다. 어쩌면 사는 일이 허물을 벗는 일인지도 모르겠다. 매미가 땅 속에서 2~7년간 애벌레로 지내며 5번 허물을 벗고 지상에서 1~2주 노래하다가 생을 마감하는 것처럼 우리도 평생 허물을 벗으며 살다가 허물벗기가 끝난 얼마간 자유로이 멋진 노래를 부르다가 이 세상을 떠나는 것은 아닐까.

　친구의 한 마디가 고맙다. 또 한 겹의 허물을 벗도록 도와주어서 고맙다. 더 명랑해지고 더 당당하게 자신감을 갖고 세상을 대하기로 한다. 세상 앞에 주눅들지 않고 세상을 어루만지며 사랑해야겠다. 허물을 벗고 벗으면 마지막 남는 하나는 사랑일 것이므로….

가을이 준 선물

올 가을은 은행나무들이 유독 아름다웠다. 은행나무 가로수 길들은 따뜻한 마음이 흐르는 동화 속의 거리인 양 마음을 사로잡았다. 어느 노 시인은 빨갛고 노란 단풍 빛깔은 아름다운 색, 황홀한 색이 아니라 임박한 죽음을 예고하는 슬픈 색이라고 노래했다. 참신한 생각에 신선함을 느끼면서도 마음 한 구석이 서늘해졌다.

또렷한 변화 중의 하나는 가을을 바라보는 내 시각이 바뀐 것이다. 어느 해부턴가 나뭇잎 떨어지고 소슬바람이 부는 가을이 아름답게 보이기 시작했다. 머지않아 삭막한 겨울이 다가올 것을 알면서도 당당하게 가을을 맞이하고 좋아하게 되었다.

그런 내게 올 가을도 선물을 주고 갔다. '형형색색의 나뭇잎들'은 바라보는 내 눈과 마음을 기쁘게 하는 '가을의 선물'이었다. 나고 자란 나무의 품에 안겨 있을 때에만 아름다운 것이 아니라, 떨어져 누운 잎들, 그리고 바람에 이리저리 굴러다니는 바싹 마른 잎들도 '똑같이 아름답다'는 인식을 '선물'로 주었다. 그 어디든 파아란 하늘 품 안이기에….

길 위에 황금빛 융단을 펼쳐 놓은 듯 노랗게 내려앉은 은행잎들은 내 귀에 소곤댔다. "편안하다. 편안하다." 천명을 다하고 땅에 등을 대고 누우니 편안하다고….

겨울이 몰려오고 있는 것을 아는지 나무들이 서둘러 남은 잎들을 떨어낸다. 김장을 하며 겨우살이 준비를 하는 주부들의 마음처럼 나무들도 분주하다. 가을이 남기고 간 열매와 곡식들은 부지런한 일꾼의 손끝에서 갈무리되고, 낙엽들도 안식하는 11월. 가을이 비운 자리를 겨울이 기웃거리고 있다.

福 주머니

　'팔십의 노령임에도 가족마다 福자를 새긴 속옷을 한 코 한 코 떠서 나눠 주시며 복 많이 받고 복을 나누며 살아라 하신 어머니'를 여읜 친구의 인사의 글을 받았다. 지난 10월, 빨갛게 물든 단풍잎처럼 아름다운 추억을 남기시고, 나뭇가지에서 갈잎 하나 살랑 땅으로 내려앉듯 그렇게 가족들과 이웃의 곁을 떠나가셨다.

　많은 복을 받아 나누며 행복하게 사신 그분은 자손들에게 '복'을 유산으로 남기셨다. '팔십삼 년 동안 오직 믿음과 기도로 새벽 문을 여시고 자손들에게는 성경 말씀으로 어른의 본을 보이시며 노년기에도 병원을 모르시고 많은 사람들에게 사랑과 봉사로 정을 많이 주고 가신 분'이시다.

사람이 받아 누리는 복의 많고 적음은 그 사람이 갖고 있는 '복 주머니'의 차이에서 온다는 생각이 든다. 복 주머니는 마음속에 존재한다. 건강의 복, 형통의 복이 마음속에 있는 복 주머니로부터 나온다. 긍정의 눈, 분별하는 귀, 정직한 말, 부지런한 손, 깨끗한 마음 등으로 구성된 '복 주머니'가 누구에게나 하나씩 있다.

눈으로 보고, 귀로 들은 것들이 마음속에 들어와, 생각이 되고 감정이 되고 말이 되고 행동이 되어 밖으로 나온다. 밖으로 나온 말과 행동은 다시 누군가의 눈과 귀를 통하여 그 사람 마음속으로 들어가서 그 사람의 생각과 감정과 말과 행동이 되게 한다. 우리는 서로 그렇게 영향을 주고받으며 울고 웃고 사랑하고 미워하며 살아간다.

'福 주머니'를 위해 이목구비를 단정하게 해야겠다. 새벽마다 하늘을 살포시 밟고 오는 주인을 바라보고, 들려주시는 말씀에 귀 기울여야겠다. 가르치심대로 사랑과 봉사의 손이 되도록 힘을 내야겠다. 웃음소리가 여기저기에서 많이 들리도록….

구피의 잃어버린 꼬리

하나님께서 아담의 갈비뼈 하나를 취해 그의 짝 하와를 만드셨다는 이야기를 읽으며, 남자의 갈비뼈는 여자보다 하나가 적겠구나 생각했다. 드러내놓고 누군가에게 남자의 갈비뼈 수를 묻기도 그래서 눈치로 짐작하는데 적지는 않은 것 같았다. 성경의 기록이 일점일획도 틀림이 없는 거라면 당연히 적어야 되는 거 아닌가…. 그 풀리지 않는 문제가 가슴 속에 남아 있었다.

구피(열대어)를 기르며 나름대로 답을 발견했다. 어항의 물을 갈아 주는데, 그 중 큰 놈 한 마리가 튀어나가 마룻바닥에 떨어졌다. 급한 마음에 손으로 주우려는데 몸이 미끄러워 잘 잡히지 않았다. 몇 번 퍼덕인 뒤에 꼬리가 손에 잡혀서 어항 속으로 돌아가 생명을 구했지만, 그만 손에 잡혔던 꼬리의 대부분이 문드러져버리고 말았다. 그래도 헤엄치며 잘 살아서 안도의 숨을 쉬게 했다.

그 뒤, 그 잘려나간 꼬리 부분에 호기심이 생겼다. 날마다 어떻게 될까 궁금해 하며 눈여겨보았다. 시간이 지나며 서서히 그 자리에 다시 꼬리가 생겨나왔다. 시간이 지나며 그 위에 빛깔까지 온전해졌다. 사분의 일쯤 남아있던 꼬리와 새로 생긴 꼬리가 갈라져 있는 것 빼고는….

그때 내 마음의 눈이 밝아지며, 갈비뼈 하나를 떼어낸 아담의 갈비뼈 자리에도 저렇게 갈비뼈가 생겨나 채워졌겠구나, 하는 깨달음이 왔다. 누구에게도 말하지 못하고 혼자 끙끙거리던 케케묵은 문제였는데 '구피의 잃어버린 꼬리'에서 답을 발견하고 후련함과 기쁨을 함께 느꼈다. 지인과의 점심 식사 자리에서 그 이야기를 했더니, 아담의 갈비뼈 이야기를 듣고 성경이 거짓말이라고 하며 믿음의 길에서 떠나간 사람들도 많았다고 지인이 한 마디를 덧붙인다.

내 인생의 멘토

책꽂이에 꽂혀 있는 책들이 쌀독에 들어 있는 쌀 같다. 언제든 쌀을 퍼서 밥을 해 먹을 수 있듯이, 책꽂이에 꽂혀 있는 책들도 언제든 꺼내 읽을 수 있기에 바라만 보아도 마음이 든든하다.

실은 아직 책꽂이에서 장식처럼 자리를 메우고 있는 책들은 아직 읽지 않은 책들이고 언제 읽힐지 모르는 책들이다. 제목을 보면 읽어야 할 것 같고 읽고 싶어서 꽂아 두고 있지만 당장 읽지 않아도 아무 지장이 없는 그런 책들이다. 아니 책장을 넘기지 않아서 그 속에 담겨 있는 지혜의 섬광들을 만나지 못한다는 말이 옳다.

오래 전, 꿈을 꾸고 잠에서 깨며, 내 책꽂이에는 '성경' 한 권만 있으면 족하다는 생각이 들었다. 궁금하고 필요한 모든 것들이 그 한 권의 책에 다 들어 있다고 믿어졌기 때문이다. 지금도 그 생각에 변함이 없다. 그래서 이런저런 책들에게 손길이 선뜻 가지 않는지도 모른다.

성탄주일을 보내고 있다. 예수님의 탄생 이야기는 언제 들어도 동화(童話) 같다. 동화 같아서 아름답고 신비하고 감동적이다. 고해(苦海)의 늪에서 허우적거리는 나를 구하기 위해 이 땅에 오신 예수님과 함께 새해를 맞이하고 싶다. 아리스토텔레스도, 공자도, 맹자도 내려놓고 예수님을 내 인생의 멘토로 삼아 남은 길을 걷고 싶다.

새해에는, 바다의 풍랑도 말씀 한 마디로 잠잠케 하시는 그분과 함께, 고해가 아닌 놀이동산에서 신나고 즐겁게 살고 싶다. '성경' 한 권만으로 만족하고 배부른, 동화를 사랑하는 어른이고 싶다.

힘내라 딸!

　경기 지역에서 초등교사 임용시험 3차 면접을 앞두고 있는 친구의 딸이 3차 면접 준비에 힘을 쏟지 않는다고 친구가 걱정을 한다. 이심전심이라고 친구의 마음이 느껴지며 동시에 한 단어가 떠올랐다. '학교 폭력'. 혹시, 요즘 사회 문제로 크게 부각된 '학교 폭력' 문제를 지켜보며 교직에 대해 의기소침해진 건 아닐까 하는 불안감이 엄습했다.

　친구의 딸은 교직에 대한 부푼 꿈을 안고 교대에 지원을 했고 면접을 보러 가는 전날, 그 아이를 찾아가 면접에 대해 함께 이야기를 나누었다. 그리고 4년의 과정을 즐겁게 최선을 다해 이수하고 이제 마지막 문턱을 넘으려는 시점에서 아이가 힘을 내지 못하고 있는 것이다. 그런 딸을 바라보는 엄마의 마음을 친구인 내가 어찌 다 헤아리겠는가. 아이에게 응원의 문자를 보냈더니 내용 없음으로 곧 답이 왔다. 나는 다시 불안해졌다. 정말 이 아이의 마음이 교직에 대한 큰 실망으로 낙심되어 있는 건 아닌가. 교사가 되고 싶은 꿈이 뒷걸음질치고 있는 건 아닌가.

내가 교직을 내려놓은 직접적인 동기가 된 것도 반 아이들 간의 갈등 심화였고 내 능력으로는 해결할 수 없다는 무력감이었다. 아이들은 언제 터질지 모르는 시한폭탄처럼 느껴졌고 대화는 통하지 않고…. 다행히 그 해 그 아이들은 새 담임선생님과 함께 2학기를 잘 마무리했다.

'학교 폭력' 문제 앞에서 친구의 딸은 의기소침해져 있는지도 모른다. 그러나 나는 믿는다. 좋은 아이니까 슬기롭고 씩씩하게 이 사회의 어두움을 극복하고 꿈의 마지막 관문을 넉넉히 통과하여 수고의 열매를 거두고 기쁨의 잔치소리 들리리라 믿는다.

의자 하나

　'무상○○, 무상○○'하며 표심을 자극하고, '돈 봉투' 사건이 불거지고, 주변에서도 돈의 힘에 이끌려 삶의 질과 방향이 달라지는 사람들을 보면서 돈이 지닌 강한 힘을 느낀다. 돈보다 더 강한 힘을 지닌 것은 없는 걸까.

　세상에서 돈보다 강한 힘을 지닌 것이 무얼까 생각하고 있는데 라디오 방송에서 흘러나오는 대화가 내 생각을 이어간다. 사람들에게는 의식 레벨이 있는데, 김수환 추기경이나 법정 스님 같은 분들은 가장 높은 수준의 의식 레벨을 지닌 분이다. 그분들의 마음엔 '사랑'이 가득 차 있다. 사람들은 자기의 의식 레벨을 알고 높이기 위해 노력해야 한다는 말도 덧붙인다.

김수환 추기경이나 법정 스님 앞에서는 돈이 위력을 발휘하지 못했다. 그분들의 청정(淸淨)한 삶 앞에 국민들은 마음의 고개를 숙였다. 그분들의 삶의 목표는 '물질'이 아니라 '사랑'이었기 때문에, 그리고 구도자였기 때문에 가능한 일이었으리라.

돈이 없으면 살 수 없는 것이 현실이다. 생계에 필요한 모든 것들은 돈이 있어야 가능하므로 돈을 버는 일은 기본 필수인 중요한 덕목이다. 한 번 더 생각해 볼 일은 돈 때문에 불행해지는 일이 없도록 돈에 대한 가치관을 바로 세우는 일이다. 법도, 정의도, 사랑도 무력하게 만들 수 있는 돈의 마력에 이끌리지 않는 건강한 물질관이 필요한 시대이다.

법정 스님은 나뭇잎 하나 팔랑 떨어지듯 살포시 저 세상으로 가셨다. 남겨진 의자 하나가 그분의 삶을 상징적으로 말해 준다. 아니, 이 혼돈의 시대에 우리 중생들이 어떻게 살아야 될지 큰 울림 하나 남기고 가셨다.

독서 열풍

　아들의 권유로 '독서 천재가 된 홍 대리'를 읽는 중이다. '운명을 바꾸는 책 읽기 프로젝트'이고 '소설로 읽는 독서 입문서'이다. IT세대인 20대 젊은이들에게 꿈을 향해 도전하고 질주할 수 있는 동력(動力)이 되어주기에 충분한 멋진 책이라는 생각이 든다. 이지성 작가를 만났거나 이지성 작가의 책을 읽게 된 사람들은 모두 행운아라는 생각도 든다. 아들은 이지성 작가의 강의를 듣고 100권의 책읽기에 도전하게 되었다고 했다.

　초등학교 교사로 발령을 받고 군 복무 중인 옆집 선생님 아들도 이지성 작가에게 영향을 받아 100권의 책읽기를 목표로 인터넷으로 많은 책을 사고 휴가 오면

들고 간다고 한다. 컴퓨터, 아이패드, 스마트폰 등이 일상 속으로 전진해 들어올수록 깊은 우려의 시각을 갖게 되는 내겐 여간 다행한 일이 아니다.

'독서 천재가 된 홍 대리'를 읽으며 내게도 새로운 꿈이 생겼다. 나도 100권의 책읽기에 동참하는 것이다. 두 권의 시집을 출판했지만 누가 시에 대해서 물으면 아무 할 말이 없다. 시에 대해 아는 바가 없기 때문일 것이다. '시'와 관계된 책 100권을 읽어보아야겠다는 생각만으로도 가슴이 셀렌다. 100권을 읽고 나면 비로소 '시'가 무언지 알게 되고 '시'를 이야기할 수도 있게 될 것이다.

어제는 TV와 라디오를 켜지 않고 작심하고 독서를 했다. 고요와 평안이 가득한 시간. 산에 올라본 사람만이 그 맛을 알듯이 독서를 해 본 사람만이 그 맛을 알 것이다. 가슴 속에선 생기가 솟아오르고 심신은 상쾌해지고….

봄비

　가볍게 살고 싶다. 물만 주면 싱싱해지는 화초들처럼 가볍게 살고 싶다. 먼지가 내려앉으면 먼지를 맞고 목이 말라도 소리치지 않고 그저 표정으로 말하는 식물들처럼 생각 없이 가볍게 살고 싶다.

　봄비가 내리고 있다. 아직 몸살기가 남아 있는 난 겨울옷을 입고 있지만 밖은 봄, 경칩이다. 겨우내 땅 속에서 웅크리고 있던 개구리들이 밝은 대지 위로 올라오는 날은 얼마나 살맛나는 날일까. 추위가 물러간 봄하늘 아래 팔짝이며 목청껏 노래하는 행복은 어떤 걸까.

　한의원에 가면 늘 지적 사항이 생각이 많아서 몸이

약하단다. 머리는 뜨겁고 발은 차서 기혈의 순환이 제대로 이루어지지 않고 어딘가가 아픈 거라고 진단한다. 그 말 속에 내 모습이 보인다. 머릿속은 생각으로 가득하고 몸은 생각하느라 움직이질 않는다. 그러다보니 머리도 무겁고 몸도 무거워진다.

가볍게 살고 싶다. 생각 없이 단순하게 살고 싶다. 화분에 물이나 주고 물고기 밥이나 제때에 넣어주고 가족을 위해 청소하고 빨래하고 밥이나 지으면서 고민 없이 살고 싶다. 그런데 어찌 하나. 내 안에 애벌레 한 마리가 살고 있어서 나의 일상은 날마다 요동한다. 날개를 달고 하늘을 보고 싶어 하는 애벌레 한 마리가 내 안에 꿈틀거리며 자라고 있어서 내 생각은 단순해질 수가 없다.

어둡고 축축한 땅 속에서 애벌레로 산 날들이 지나고, 경칩을 맞이한 개구리들처럼 바깥세상을 보고 싶어 하는 애벌레가 날개를 찾는 움직임이 느껴진다. 잔뜩 웅크리고 있는 날개를 펼쳐서 날기 연습을 하고 싶어 하는 애벌레 한 마리 위로 봄비가 내리고 있다.

마음의 코드

　청소를 하려고 청소기 전원 코드를 콘센트에 꽂으려는 순간, 원전 정전사고 기사가 클로즈업됐다. 만약에 전기가 공급되지 않는다면 이 비싼 청소기도 쓸모없게 될 텐데. 세탁기, 전기밥솥, 컴퓨터, TV, 전등, 엘리베이터… 무수한 문명의 이기들이 한 순간에 무용지물이 되고 말 텐데. 전기 에너지의 수요가 인구 수 증가와 문명의 발달 속도에 비례하여 팽창하면서 전력난을 겪을 수도 있겠다는 위기감이 다가왔다.

　콩나물을 삶아 무치며 식탁을 준비하면서 나는 지금 가족들에게 에너지를 공급하기 위해 이 수고를 하는 것이라는 생각이 들었다. 배만 부르면 된다는 식으로 대충 준비하고 먹어온 음식 또한 소중한 에너지라는 생각을 처음으로 한다.

음식이 에너지가 되는 것처럼 생각도 에너지가 된다. 사람들의 좋은 점만 보기로 작정하고 사는 사람은 얼굴이 햇살처럼 밝으며, 남들이 보기엔 장애물인 것도 디딤돌로 삼아 한 단계 더 성장하고 몸의 병도 이기는 에너지를 발해서 건강한 생활인이 된다. 생각이 밝으면 몸도 밝다.

만약 전기 공급이 그치면 전기 에너지를 사용하는 모든 기기들이 일순간에 제빛을 잃고 어둠 속에 묻히게 될 것이고, 내 마음의 코드가 창조주에게 접속되어 있지 않다면 피조물인 내 존재 또한 한순간에 허무의 심연 속으로 가라앉을 것이다. 그분을 만나기 전에 그랬던 것처럼…. 그리하여 나는 매일 아침 마음의 코드를 그분에게 정확하게 꽂고 청소기 스위치를 힘차게 누르고 청소를 시작할 것이다.

안과 밖

    4월인데도 바람이 차다. 정류장에서 찬바람 속에 잔뜩 웅크리고 서성이며 집으로 가는 버스를 고대하고 있다가 구원의 손길같이 다가온 버스에 올라 양지쪽에 자리를 잡는다. 이리저리 방향 없이 부는 바람에 어지러웠던 마음이 순식간에 편안해진다. 차 창 밖에선 여전히 세찬 바람이 바쁘게 오가는 행인들의 옷자락과 심기를 뒤흔들고 있다.

    유리창 안과 밖의 차이를 실감하며 창밖을 본다. 유리창 안에 있는 사람들과 유리창 밖에 있는 사람들이 느끼는 어쩔 수 없는 차이. 이 사회에도 바람기 없는 따뜻한 유리창 안에서 바람 부는 밖을 내다보며 여유를 즐기는 사람들과, 바람 부는 창 밖에서 평온한 유리창 안으로 속히 들어가기를 갈망하며 동동거리는 사람들이 함께 살고 있다.

유리창 안의 평온을 누리는 사람들은 창밖의 서민들도 잘 살게 해 주겠다고 목소리를 높이고, 바람 불지 않아도 삶이 고단한 창밖의 사람들은 우리도 유리창 안으로 들어가야겠다고 있는 힘을 다해 주먹을 불끈 쥔다.

사람에게도 안과 밖이 있고 안과 밖의 차이는 크다. 안에 있는 생각과 손발의 행함이 다르다. 일일 계획을 세워놓지만 제대로 지켜 행하지 못한다. 생각과 행동 사이에 '감정'이 끼어 있어서 그럴 것이다. 생각과 행동을 좌우하는 힘이 '감정'이다. '언행일치, 지행일치'를 방해하는 세력이 내 안에 있다.

오늘은 19대 국회의원 선거일이다. '수신제가'를 이룬 사람들이 '치국평천하'의 길로 나아가는 복된 날, 복 있는 나라가 되길 소망한다.

선물

　결혼하고 30여 년을 객지에서 살던 친구가 고향으로 이사를 왔다. 부모 형제 친구 들이 살고 있는 청주로 돌아온 것이다. 가까이서 자유롭게 만날 수 있게 된 그 친구가 내겐 큰 선물이다. 생각나는 대로 말해도 막힘 없이 대화가 이어지는 친구, 10년 만에 만나도 늘 만났던 것처럼 거리가 느껴지지 않는 친구, 평소엔 듣기만 하는 나를 쉼 없이 말하게 만드는 친구, 내 말에 공감해주고 감격해주는 친구….

　그 친구가 내게 선물인 것같이 나를 둘러싸고 있는 모든 것들이 내게 주어진 선물임을 깨닫게 해 준 것은 어항 속의 '구피'다. 새끼들을 받아 키우며, 자라는 그들의 모습을 찬찬히 들여다보다가 '생명을 선물로 받고 즐겁게 열심히 사는구나' 하는 감동을 받았다. 그들과 내가 나고 죽는 이치가 똑같으니 나의 '생명' 또한 '선물'이고, 구피에게 어항이 선물로 주어진 것이듯이 내겐 세상이 선물로 주어진 것이다.

봄길을 걷노라니 발밑을 따라 들꽃이 한창이다. 민들레, 제비꽃, 아기 별꽃, 현호색, 애기똥풀…. 눈을 들면 꽃 반 잎 반인 벚나무, 만개한 조팝나무, '뻥'하고 터질 듯 잔뜩 부풀어 있는 철쭉꽃송이들이 눈길을 붙잡고, 물 오른 나무들마다 초록의 경연이 한창이다. 이들을 바라보는 내 마음이 그 어떤 선물을 받았을 때보다 기쁘고 즐거우니 이들이 선물임이 분명하다.

중중 장애를 가진 아들에게 아버지가 한 말, '가족은 존재만으로도 감동'이라는 말을 전해 듣는 순간 그 말이 꿈틀거리며 가슴 밑바닥까지 내려갔다. 그렇다. '가족'은 선물 중의 선물이다.

5.
다시 봄

농다리에서

봄꽃이 만발하고 초록이 흐드러지기 시작하자 탁구 회원들 사이에 진천 농다리로 바람 쐬러 가자는 말이 오갔다. 농다리에 얽힌 나만의 신화(神話)를 마음에 간직하고 있는지라 대뜸 나도 가겠다고 신청을 했다. 그날은 무슨 일이 있어도 농다리 나들이를 우선순위에 둘 생각이었다.

약속한 날이 되어 여느 날처럼 탁구를 치고 점심을 먹은 후 승용차 두 대에 나누어 타고 농다리를 향해 달렸다. 푸른빛이 만연한 넓은 들판과 줄지어 나타나는 산과 나무들의 형형색색의 푸른 빛, 새파란 하늘에 하얀 구름송이들, 동행들의 오가는 정겨운 말소리들은 그대로 한 편의 시가 있는 그림이 되었다.

　아름다운 풍광에 감탄하는 동안 농다리에 도착했다. 농다리에 처음 왔을 때의 기억을 떠올리며 돌다리를 조심조심 건넜다. 25년 전 이 다리 중간쯤에서 미끄러져 빠졌던 이야기를 어떻게 풀어가야 할지 잠시 고민하며 이어지는 길을 따라 걷다보니 넓고 아름다운 호수 같은 저수지가 시원하게 눈앞에 펼쳐졌다.

　저수지를 따라 만들어 놓은 우드테크를 따라 걸으니 세상 근심 걱정은 시원하게 부는 바람에 불려간 듯 모두 즐거운 표정들이다. 모자마저 가져가려는 듯 거세어진 바람을 맞으며 출렁다리를 건너가서 사진도 찍고 준비해간 간식도 먹으며 웃음꽃을 피우고 온 길을 되짚어 걸어서 농다리를 건너와 차에 올랐다.

　출발 전부터 하고 싶었던 얘기는 결국 하지 못했다. 25년 전 J여고 재직시절 봄소풍 날, 농다리 한가운데서 '이끼보다 약한 것이 나'라는 깨우침을 선물로 주신 그분을 어떻게 전해야 할지 아직도 모르기 때문이다.

쌀 한 말

쌀 한 말 보내주고 싶은 사람이 있다. 그분과 가까이 지내면서 알게 된 것은 남편 사업이 기운 후로 네 자녀와 더불어 먹고사는 일이 힘겹다는 것이다. 기회가 되면 쌀이라도 한번 보내드려야겠다고 벼르고 있는 중인데 마침 쌀 20kg 교환권이 내 손에 들어왔다.

지금은 먹고사는 일에 구애를 받지 않지만, 한 장의 흑백사진 같은 '빈곤'의 기억이 또렷이 내 의식 가운데 살아 있다. 넷째를 낳고 앓아누운 엄마는 아침도 먹지 못하고 허기져 있는 고만고만한 자식들을 위해 8살 맏이에게 국수를 사오라고 하셨다. 그리곤 커다란 솥에 물을 한강처럼 붓고 한 줌의 국수를 넣어 끓이셨다. 그리곤 빨리 먹어야 배부르다고 솥 가에 둘러앉은 어린 자식들에게 빨리 빨리 먹으라고 하셨다. 서로 젓가락을 부딪혀가며 서툰 젓가락질로 국수 가락을 찾아 건져 올려 먹던 그 날의 광경이 50년이 지나도록 보석처럼 빛을 잃지 않는다.

생활이 어려워진 그분에게 쌀 한 말이라도 보내고 싶은 마음이 든 건 그래서일 게다. 배고픈 예닐곱 살의 힘없는 내 모습이 떠올랐기 때문일 게다. 굶어 죽는 사람들이 있는 세상에서 배부르게 먹는 것은 '죄'라는 생각이 드는 것도 굶주림의 기억이 지워지지 않아서일 게다.

지나고 보니 빈곤의 고통과 고난은 입에는 쓰지만 몸에는 좋은 약이 되었다. 아이스크림 하나를 남편에게 받아들고 세상을 다 얻은 듯 행복해지는 것은, 뙤약볕 아래서 시원하고 달콤한 아이스케키를 사먹는 아이들을 부러운 시선으로 바라보던 '어린 나'가 지금도 내 안에 함께 있기 때문이다.

별 볼 일

저녁 설거지를 마치고 음식물쓰레기 봉투를 들고 밖으로 나오면 제일 먼저 고개를 젖히고 하늘을 쳐다본다. 담도 금도 없는 광활한 하늘 어디쯤 홀로 반짝이고 있는 별을 살피는 것이다. 별이 하나 발견될 때마다 보고 싶은 얼굴을 만난 듯 기분이 좋아진다. 보일 듯 말 듯 아스라한 별들을 보고 또 보고 하며 쓰레기를 버리고 집으로 들어온다.

별을 보고 돌아설 때면 생각나는 분이 있다. 사회에서 만난 분으로 정직하게 소신껏 사는 모습이 좋아 가깝게 지내는 분이었다. 함께 밤길을 걷게 되었을 때 별이 보인다고 좋아했더니 그분은 "별이 밥 먹여 주냐?"

고 한 마디로 응수하셨다. 그 소리가 내겐 "별 볼 일 없는 별이야"로 들렸고 그분과 나 사이에 건널 수 없는 강이 흐르고 있는 느낌을 받았다. 헤어져 돌아오면서 그분의 마음을 헤아려 보았다. '별 보는' 일이 '별 볼 일 없는' 일이 되어 버린 것이 세월 탓일까, 아니면 수지타산을 맞추며 사는 삶 속에서 계산이 떨어지지 않는 너무 먼 곳의 일이기 때문일까.

밤에 길을 걸으면서 별을 찾고 바라보는 사람은 '별 볼 일 있는' 삶을 살고, 밤하늘을 향해 고개 한 번 들지 않는 사람은 '별 볼 일 없는' 삶을 살고 있는 건 아닐까. 별은 희망이고 꿈인데 '별' 따위는 잊고 사는 사람들에게도 꿈과 희망은 남아 있는 건가. 별을 보지 않으면 어둠이 보이고 별을 보면 어둠이 보이지 않는 법 앞에서, 별을 내려놓은 그분의 삶이 다시 '별 볼 일' 있는 삶이 되기를 바라며 내 영혼은 속삭인다. '별이 밥 먹여 주는데….'

무심천

　10살 때 청주로 이사와 청주 사람이 되었다. 어린 시절 서문동에서 살았고 북문로를 지나 초등학교를 오갔다. 근처에 무심천이 있었고 무심천을 가로질러 철길이 지나갔다. 철로 위를 걸으며 균형을 잡는 것은 재미있는 놀이였고 철둑길은 조무래기들의 놀이터였다.

　중학생이 되고 대학을 졸업하기까지 무심천은 산책로가 되어 주었다. 무심천변을 거니는 사람이 많지 않아서 호젓하게 혼자서, 때로는 친구와 둘이서 시간가는 줄 모르고 걷던 길이다. 그리고 그 길 위에서 몸도 마음도 자라갔다.

　무심천을 가까이 하고 살아서 무심(無心)한 사람이 되

었을까? 아니면 무심(無心)한 내가 편히 안길 수 있는 냇물이 거기 있었던 걸까? 누가 '무심천'이라고 처음 이름을 붙였을까? 청주에 사는 사람들은 무심천을 건너다니며 무심천을 떠올리며 무심천을 이야기하며 '무심한 사람'이 되어가고 있는지도 모르겠다.

타 지역 사람들이 '청주 사람'에게서 느끼는 것이 '배은망덕한 사람'이란 말을 듣고 나서 '무심천'에 대해 생각하게 되었다. 백제 땅이었다가, 고구려 땅이었다가, 신라 땅이 된 청주 땅을 흐르는 물줄기는 주민들에게 '무심'이 살 길이라고 무언중 가르쳤을지 모른다. '무심한 사람'의 모습이 때로는 '배은망덕한 사람'의 모습으로 비칠 수 있겠다는 생각이 든다.

상당산성에 올라 보면 커져가는 청주의 모습이 사방으로 아스라이 보인다. 햇빛에 반짝이며 고요히 흐르는 물길도 보인다. 맑고 깨끗한 자연 속에, 욕심 없고 미움 없는 사람들이 서로 도우며 오순도순 사는 햇살 바른 땅, '꽃보다 아름다운 청주 사람'을 빚어내는 상당산과 무심천이 고맙다.

채송화

　채송화를 좋아하는데 동향집이라 피우는 일이 어렵다. 몇 주 전 채송화가 만개한 지인의 주택에 가서 채송화를 한 화분 심어 왔지만 두어 송이 피고 지더니 잠잠하다. 교회에서 돌아오는 길에 화원에 들러 채송화를 닮은 꽃 화분을 하나 샀다.

　꽃은 자랑하려고 피는 것이 아니라 아름답다. 꽃은 인정받으려고 피는 것이 아니라 예쁘다. 꽃은 고요히 피어서 사랑스럽다. 아름답고 예쁘고 사랑스러운 꽃은 바라보는 이의 마음에 위로와 기쁨, 생기를 주기에 충분하다.

　많고 많은 꽃 중에 유독 채송화를 좋아하는 이유가

무얼까. 먼저 화려한 밝은 색깔의 매력에 시선이 사로잡히고 찬찬히 들여다보노라면 수수한 꽃의 모양이 마음에 와 닿는다. 아울러 햇살이 있는 한나절 활짝 피었다가 해가 지기도 전 꽃잎을 오므리는 그 짧은 환희의 순간이 애틋하며 척박한 땅에서도 잘 자라는 강한 생명력 앞에 경외감을 느낀다.

채송화는 자기 힘으로 피지 못하고 햇살의 힘으로 핀다. 내 삶도 가만히 들여다보면 내 힘으로 살지 못하고 내 안에 있는 빛의 힘으로 피고 진다. 기쁨과 슬픔이, 행복과 불행이 의지와 상관없이 오고가는 것을 보고 있노라면 내 안에 빛이 있고 없음과 깊이 연결되어 있음을 알게 된다.

베란다 창가에 화분들 틈을 비집고 사온 화분을 올려놓았다. 햇살과 바람이 가장 잘 넘나드는 곳에 모셔놓은 셈이다. 오며가며 눈에 띌 채송화 닮은 꽃을 바라보느라 얼마간의 시간을 보낼 것이고 마음엔 위로와 기쁨의 꽃송이가 벙그러질 것이다.

웃는 얼굴

 삶의 여러 가지 문제 중의 한 문제와 그 답을 알 것
같은 날이었다.

 함께 동호회 활동을 하며 날 지켜본 어른께서 내게,
상대방의 말을 웃는 얼굴로 끝까지 진지하게 들어주는
사람은 처음 본다고 덕담을 해 주셨다. '내가 그랬나!'
하는 생각을 하며 좋게 보아주시고 말씀해주시는 통찰
력이 남다른 어른께 고맙다는 인사를 하며 서둘러 화
제를 돌렸다.

 헤어져 집으로 돌아오면서 가족들을 대하는 내 모습
을 생각했다. 밖에서 남들에게는 항상 웃어주고 무슨
말이든 웃으며 들어주고 공감해주면서 집안에서 가족

들에게는 어떻게 했는지, 그리고 어떻게 하고 있는지 내 모습을 돌이켜보았다.

가족들을 바라보는 내 얼굴은 웃는 얼굴이기보다는 걱정스러워하거나 못마땅해하는 표정이었을 것이고, 웃는 얼굴로 가족들의 이야기를 진지하게 들어주기보다는 내 생각으로 가족들의 생각을 덮으려 했을 것이다. 가족들에게도 밖에서 남들에게 하듯 그렇게 웃어주고 하는 말을 끝까지 진지하게 들어주었더라면 하는 아쉬움과 후회가 인다.

세상이 떠들썩하게 문제를 일으키는 사람들을 비롯하여 걸어다니는 불발탄 같은 사람들의 삶에서 가장 필요한 것이, 가족들이 웃는 얼굴로 바라보아 주는 것과 따뜻한 공감의 말 한 마디가 아닐까 하는 생각도 든다. 가정에서나 밖에서나 상대방에 대한 공감과 웃는 얼굴이 이 시대, 이 사회의 많은 문제들을 풀어가는 실마리가 되지 않을까. 늦은 감이 있지만 오늘부터는 가족들에게도 활짝 웃어주고 그들의 말에 먼저 공감해주리라 마음먹는다.

꽃들에게 희망을

엄마가 자녀들에게 아빠의 험담을 한다면 그 집의 자녀들은 행복감을 느끼지 못할 것이다. 아빠의 장점은 덮어 두고 한두 가지의 단점을 아빠의 전부인 양 생각하고 말하는 엄마의 철학이 바뀌지 않는 한 평안과 행복이 꽃 피는 건강한 가정이 되기는 어렵다.

학교도 마찬가지다. 성장하는 아이들에겐 절대적으로 햇빛이 필요하다. 긍정적인 생각과 말을 아이들에게 먹여야 한다. 공부에 대해서 교사에 대해서 학교에 대해서 나아가 사회와 미래에 대해서 부정적인 면을 각인시키는 것은 아이들에게 독을 먹이는 것과 같다. 부정적인 눈을 갖게 된 아이들은 심신이 건강하기 어렵다. 그늘 속에 피어 있는 꽃처럼 생기가 떨어진다.

아이들을 사랑하는 교사는 주는 대로 받아들이는 순진한 아이들에게 독을 먹이지 않도록 조심해야 한다. 아이들이 훌륭하게 성장하기를 소원하는 교사는 아이들에게 햇빛이 되어주어야 한다. 교사가 먼저 사람과 사물을 보는 긍정적인 혜안을 소유해야 한다.

아이들에겐 희망이 보약이다. 희망이 있어야 힘을 내서 공부도 하고 운동도 하고 꿈도 꾼다. 그러므로 교사는 비록 사회가 어둡더라도 배움의 길에 있는 아이들에게 뜻이 있는 곳에 길이 있다고, 너희들이 세상의 빛이라고 희망의 노래를 들려주어야 한다.

웃는 얼굴은 꽃보다 예쁘고 보는 이의 마음에 평안과 희망을 준다. 자라나는 아이들은 꽃이다. 장차 열매를 맺고 씨앗을 남길 보드라운 꽃이다. 꽃은 그늘 속에서보다 양지쪽에 있을 때 제 빛깔을 그대로 드러내고 활짝 피어 싱싱하고 아름답다.

물과 더불어

　맑은 아침 햇살이 '가을'의 느낌에 빠지게 한다. 거실 창을 통해 들어오는 햇빛의 각도로 보아 태양이 많이 남쪽을 향해 이동했음도 알겠다. 폭염의 계절이 지나고 이제 선들거리는 바람 앞에 슬슬 옷깃을 매만져야 할 때이다. 올 여름이 남겨놓은, 생명의 위협을 느끼게 하던 폭염과 폭우와 폭풍의 기억은 희미해져 갈 것이다.

　맑고 밝게 시작되는 올 가을에는 물과 더불어 친하게 지내고 싶다. 물과 함께 놀이하듯, 청소를 하고, 설거지를 하고, 빨래를 하고 싶다. 어항의 물을 갈아주고, 화초에 물을 주고, 명암지에도 가 보고, 무심천변도 여유 있게 거닐어 보고 싶다. 열심히 운동을 하며 땀도 흘리고 시원한 생수로 오장육부를 시원케 하고 싶다.

창세기에 의하면 땅이 있기 전에 세상은 온통 물뿐이었다. "하나님이 이르시되 물이 한 곳으로 모이고 뭍이 드러나라 하시니 그대로 되니라 하나님이 뭍을 땅이라 부르시고 모인 물을 바다라 부르시니 하나님이 보시기에 좋았더라"(창1:9~10)

육지가 태초에 물 속에서 이루어졌듯이 만물이 물과 더불어 생성 변화 발전을 거듭하고 있는 것일 게다. 우리 모든 인생들도 자궁(子宮) 안에서 양수(羊水)에 싸여 성장하지 않았는가. 물이 우리에게 어떤 존재인지, 우리 삶과 어떻게 연결되어 있는지 호기심이 발한다.

시작되는 가을에는 물과 더불어 친하게 지내면서 물의 비밀을 알아가고 싶다. 물의 숨소리도 듣고 싶고, 물의 맛과 멋도 느껴보고 싶고, 무엇보다도 물의 가르침에 마음을 기울이고 싶다.

큰 공부

오늘 여행의 백미는 여행을 준비하고 안내한 산 대장에게 차를 타고 가고 오며 배운 큰 공부다. 여행과 관광의 차이, 여행의 시작과 끝에 대한 참신한 시각, 여행자의 올바른 자세, 인생이 바로 여행이라는 깨달음 등을 선각자로서의 사명감을 가지고 진솔하고 진지하고 재미있게 전해 주었다.

그분은 '더불어 사는 삶'을 사시는 분이었다. 그분이 들려준 말의 핵은 '배려와 나눔의 덕'이었다. 그분은 이웃들의 건강과 행복을 위해 자신의 시간, 재능, 힘, 재물 등 모든 것을 사용하고 있는 듯했다.

휴게소에서 쉬었을 때 화장실만 들렀다가 차로 돌아

오는 우리를 보았는지 그분은 화장실만 다녀오지 말고 화장실 청소비라도 보태는 마음으로 그곳에서 돈을 쓰라는 의미의 말을 했다. 한 번도 그런 생각을 해 본 적이 없는 내게 신선한 충격이었다.

돌아오는 길 휴게소에서, 화장실에 들렀다가 물을 사러 매점으로 향했다. 가다보니 일행 중 몇몇이 식당에 설치된 급수대에서 물을 마시고 있었다. 동행과 난 그냥 지나쳐서 매점에 들어가 각자 물을 한 병씩 사 갖고 나왔다. 오늘의 공부가 없었다면 나도 그 급수대에서 기분좋게(?) 물을 마시고 나왔으리라.

그분은 건강한 살기 좋은 세상을 만들기 위해 사랑을 나누며 사명을 감당하는 분이라는 생각이 들었다. 그리고 그분을 만난 우리들도 이웃과 더불어 건강한 삶을 사는 일에 동참해 주기를 간절히 바라는 진심이 느껴졌다. 오늘은 여행 중에 큰 공부를 하고 귀한 보물을 발견해 가슴 뿌듯하고 행복한 날이었다.

절제의 미덕

리더의 마지막 덕목은 '절제'라는 말이 귀에 꽂혔다. 삶의 매순간 절제의 덕목이 필요함을 절감하고 있기 때문일 것이다. 성을 빼앗는 자보다 자기를 이기는 자가 더 강한 자라고 한다. 자기를 이긴다는 말의 의미가 절제할 줄 안다는 의미가 아닐까.

절제하고 싶은 마음은 있는데, 절제하고 싶은데 잘 안 되는 경우가 대부분이다. 관상어 어항 앞에 앉아서 보내는 시간이 길다. 베란다에 나가 화분들을 들여다보며 어영부영 보내는 시간이 길다. 그 사이 지나간 시간을 아쉬워하면서도 그러한 일상을 반복한다.

내게 절제의 능력이 부족함이 알기에 손대지 않기로

결심한 일이 두 가지 있다. 컴퓨터로 게임하지 않기와 쇼핑하지 않기다. 그 재미를 몰라서 난 불행한가? 도리어 평안의 행복을 느낀다.

세 아이의 엄마가 PC방을 드나들다가 비극의 연출자가 되었다. 절제했어야 하는데 절제하지 못했기 때문일 것이다. '소 잃고 외양간 고친다'는 속담이 때늦은 후회를 말하는 것이고 이는 절제하지 못해서 당한 결과를 두고 하는 말이 아닐까.

살면서 절제해야 할 일이 한두 가지가 아니다. 절제해야 하는 줄 알면서 절제하지 못하고 살면, 고이고 고여 마지막 한 방울 물의 힘이 보태져 둑이 넘치고 터지듯 삶 가운데 울음보를 터뜨릴 때가 온다. 후회의 눈물을 흘리고 싶은 사람은 없지만 후회의 눈물을 흘리지 않는 사람도 없다. 삶의 매순간 절제가 필요하지만 절제의 능력이 우리에겐 부족하기 때문이다. 그래서 우리는 '잘 살아 보자'고 서로가 서로를 위로하고 격려하며 나아가는 것 아닐까!

급해, 천천히!

탁구를 칠 때 라켓을 급하게 대면 십중팔구 실수로 이어진다. 그럴 때 곁에서 지켜보는 선생님께서 "급해, 천천히!" 일침을 주신다. 마음으로는 '천천히'를 다짐하며 경기를 하지만 몸은 반사적으로 공에 반응하며 팔을 뻗어 라켓을 댄다. 공을 보며 여유 있게 라켓을 움직여야 정확한 수비와 공격이 되는 것을 알지만 빠르게 오가는 공을 보며 마음도 덩달아 급해져서 어느새 '천천히'를 잊고 만다.

일상생활에서도 '빨리빨리'보다 '천천히' 여유 있게 사는 것이 필요하고 중요함을 실감하며 '토끼와 거북' 우화를 떠올린다. 거북이가 토끼를 이기는 것을 보며

'성실'과 '끈기'의 중요성을 인식했지 '천천히'가 중요하다는 생각은 하지 못했는데 이제야 '천천히'의 가르침이 보인다.

천천히 하려면 서둘러 빨리 시작해야 하는데, 반대로 천천히 시작해서 빨리 해치우는 식으로 살지 않았나? 그러다 보니 하는 일마다 최선을 다하기는커녕 부실공사가 될 수밖에 없지 않았나? 씨앗을 늦게 뿌리고 빨리 자라라고 손으로 싹을 뽑아 올렸다는 어리석은 농부가 바로 내가 아니었나?

'천천히'는 '일이나 동작이 급하거나 거칠지 않고 편안하며 느리게'란 의미다. 탁구를 치며 편안한 마음으로 여유 있게 사람과 사물을 대하며 '천천히' 행하는 공부를 하는 셈이다. "급해, 천천히!"라고 외쳐주시는 선생님의 귀한 가르침을 들으며, 작고 가벼운 동그란 탁구공 앞에서 '천천히' 사는 자세를 갈고닦는 회원들의 왁자그르르한 웃음소리가 탁구교실 유리창 너머 절정을 지나는 오색 단풍들의 귀를 즐겁게 한다.

복 있는 인생

'할머니'라고 불러줄 손녀가 태어났다. 죽을 듯한 산모의 비명 속에 아기 울음소리가 들리기만을 고대하던 중 드디어 첫 울음소리를 내며 아기가 이 땅에서 호흡을 시작했다. 내가 진짜 할머니가 되는 순간이었다.

과학 문명과 의술의 발달로 고령화 사회가 된 오늘날 할아버지 할머니가 되는 건 그리 달가운 일이 아닐지 모르지만 누가 뭐래도 할아버지 할머니가 되는 것은 인생의 축복이고 면류관이란 생각이 든다. 감사하고 기쁜 일이다.

신생아를 받아 안은 거칠고 주름진 내 손과 아기 얼굴이 대조가 되어 눈에 들어온다. 오는 세대와 가는 세대의 모습이 한 눈에 보인다. 오는 세대를 위해 가는 세대로서의 삶을 신중하게 살아야겠다. 오는 세대를 위해 좀더 적극적이고 긍적적인 생각을 갖고 행함이 있는 헌신적인 하루의 삶을 살아야겠다.

눈에 띄는 행인들의 모습이 예사로 보이지 않는다. 모두들 태중의 열 달을 견디고 숨이 멎을 것만 같은 탄생의 힘든 과정을 거쳐 이 세상에 던져진 생명체들이며, 살신성인의 무한한 애정 가운데 보살핌을 받으며 고개를 가누게 되고 성장했음을 생각하니 새삼 보이는 모든 사람들이 귀하게 느껴진다.

여자는 약하나 어머니는 강하다고 누가 설파했던가. 이 땅의 강한 어머니들 덕분에 인류 역사는 끊이지 않고 이어져올 수 있었을 것이다. 한 아이의 엄마가 된 딸의 모습에서 벌써 어머니의 강함이 엿보인다. 딸의 가느다란 팔뚝과 손가락은 굵어져갈 것이고 좁은 어깨는 넓어져갈 것이다. '엄마'라는 자랑스런 훈장을 가슴에 달았기 때문이다.

겨울이 오기 전에

유난히 고왔던 단풍을 떨구고 겨울이 반경을 넓히는 요즘, 산딸나무 붉은 열매가 시린 겨울을 지켜주었으면 하는 바람을 품는다. 태양의 고도가 낮아지고 일조량이 줄어들면서 서리가 내리고 눈이 오며 겨울은 시작된다.

지구가 태양에서 멀어져 있을 때가 겨울이듯이 우리 인생의 겨울도 그렇게 온다는 생각이 든다. 진리를 사모하며 향하여 나아가는 봄이 있고, 진리의 빛 가운데 열심을 내며 땀을 흘리고 성장하는 여름이 있고, 시나브로 맺혀진 열매를 거두는 가을이 있고, 벼의 밑둥만 까칠하게 남은 논바닥 같은 겨울이 있다. 돌아보면 나는 지금 인생의 가을을 지나고 있다. 열매를 거두는 수고의 때가 지나면 머지않아 빈 들판처럼 황량한 겨울이 다가올 것이다.

빛을 사모하고 사랑하여 가까이 다가가는 것이 봄일진대 나는 다시 힘을 내어 일어서야 한다. 삭풍이 몰아치기 전에 멀어져 희미해진 진리와의 거리를 좁히기 위해 힘써 나아가야 한다. 진리는 여전히 그곳에 있는데 내가 너무 멀리 와 있다.

찬바람이 내게 말한다. 겨울이 오기 전에 봄을 준비하라고. 진리의 말씀에서 멀어져 쓸쓸하기 전에 얼른 다시 진리의 품으로 돌아가라고. 그리고 진리와 함께 지나는 겨울이 얼마나 포근하고 아름답고 고운지 경험하라고.

시베리아 냉기류가 세력을 확장하기 전에 돌아가리라. 누워 있는 갓난아기를 위해 무릎을 꿇고 걸레질을 할 때 그리스도가 이 땅에 오실 수밖에 없는 이유를 알게 하신 그분에게로….

가장 귀한 것

　문득, 난 임종의 자리에서 무얼 가장 후회할까 하는 생각이 든다. 며칠을 두고 생각에 잠긴다. 학창시절, '서중자유천종록', '책 속에 길이 있다'는 문장들을 배우며 책을 읽는 일이 가장 가치 있는 일이라 믿고 독서를 즐겼다. 독서에 투자하는 시간은 여전히 삶의 길과 의미를 발견하는 값진 순간이다.

　요즘은 읽고 싶은 책은 사방에 가득한데 정작 책에 손을 대는 일이 드물다. 손과 발로 가족의 의식주 문제를 우선 해결하다 보면 어느새 피곤이 내 몸을 내리누르고 어둠이 내려와 쉬라 한다. 책들은 책꽂이와 책상 여기저기서 얼굴을 내밀고 날 기다리는데.

책을 읽지 않고도 하룻길을 갈 수 있는 인생의 내리막길이어서 인지도 모른다. 어느 방향으로 어디를 목표로 걸어야 할지 몰라서, 목마른 사슴이 물을 찾듯 책을 찾아 읽던 시절이 있었는데, 지금은 목이 마르지 않아서 책을 읽지 않는지도 모른다. 나름대로 삶의 방향과 목표를 찾았기 때문이다. 임종 전 무얼 가장 후회할까 생각하는 나는 지금 인생의 과속방지턱을 넘고 있는지도 모른다.

용돈을 받은 아들이 "잘 쓰겠습니다!"인사를 한다. 그 순간, '아, 시간은 돈보다 더 귀한데, 돈보다 시간을 더 잘 써야 하는데….' 사랑하는 아들에게 해 주고 싶은 이 말이 바로 내가 임종 전 가장 후회하며 나를 기억하는 사람들에게 남기고 싶은 말이 되지 않을까?

아침마다 눈 뜨면서 나는 이렇게 고백하리라. "아버지, 오늘도 24시간 주셔서 감사합니다. 잘 쓰겠습니다. 사랑합니다."

생명 있는 동안에

　몸이 약해서 잠을 많이 자야 하고, 몸이 약해서 열심을 낼 수 없다고 생각하며, 달팽이처럼 내 안에 나를 가두고 느릿느릿 살았다. 그런데 '몸이 약해서'라는 말이 '게을러서'와 동의어임을 알게 되었고, 이제껏 내 자신에게 기만당한 느낌이 든다.

　늘 마음은 부지런하기를 원하는데 몸이 그에 따라가지 못한다. 그러한 갈등을 합리화시키는 말이 '난 몸이 약해서'이다. 마음은 일찍 일어나 하루를 시작하고 싶지만 몸은 누워서 따뜻함과 편안함을 즐긴다. 난 몸이 약하니까 더 누워 있어도 된다고 합리화시키면서.

　'난 몸이 약해서'가 '난 게을러서'라는 말의 다른 표현임을 생각하니 내 스스로에게 부끄럽다. 깨끗하게 해 놓고 사는 게 제일이라고 생각하시며 따라갈 사람이 없을 만큼 부지런하셨던 어머니의 모습을 떠올리며 어머니의 부지런을 흉내내 보기도 하고, 부지런한 엄마의 모습을 자녀들에게 남겨 주고 싶어서 부지런히 살고 싶기도 하다.

매일 아침 눈을 뜨면, '좀더 자자, 좀더 졸자, 손을 모으고 좀더 눕자 하면 네 빈궁이 강도같이 오며 네 곤핍이 군사같이 이르리라'(잠6:10-11) 하신 말씀을 기억하고, 게으름이 발동하기 전 부지런을 불러내어 짝하여 잠자리에서 몸을 일으키리라. 성경을 열고 하나님의 음성을 들으리라. '게으름'을 대적하여 물리치며 하룻길을 걸어가리라. 그리하여 '악하고 게으른 종'의 명찰을 떼어내고, '착하고 충성된 일꾼'의 반열에 서리라. 생명 있는 동안에 생명에 이르리라.

유한한 인생

생명은 유한한 것인데 우린 거의 그 사실을 잊고 산다. 뉴스를 통해 수많은 사람들이 여러 상황에서 졸지에 생명을 잃는 것을 보고 들으면서도 내 생명의 유한성으로까지 연결시키지 않는다. 장례식장에 가서도 저렇게 나에게도 돌아갈 날이 다가오고 있다는 생각으로까지 발전시키지 않는다.

스마트폰으로 종종 게임을 함께 하고 싶다는 초대 메시지가 온다. 그럴 때마다 슬퍼진다. 난 게임은 안 하는데, 재미있어서 안 하는데…. 우리 뇌는 재미있는 것을 좋아하고 물이 번지는 종이처럼 재미에 정복당하는 것은 시간문제임을 알기 때문이다. 생명이 유한하지 않다면 나도 시간과 현실을 잊게 하는 재미있는 게임에 몰두해 볼 것이다.

가상공간에서 승자가 되는 것이나 현실세계에서 승자가 되는 것이나 뇌는 똑같이 여긴다고 한다. 그래서 현실세계에서 승자가 될 수 없는 불만족을 사이버공간에서 게임을 하며 승자가 되는 쾌감을 얻기 위해 게임에 몰입하게 된다고 한다. 그러면서 스트레스를 풀고…. 그러나 그것이 모래 위에 집을 짓는 수고에 불과했음을 깨닫는 시간이 예비되어 있기에 가상세계와 현실을 분별하는 지혜가 필요하다.

행복한 오늘은 그냥 오지 않는다. 씨앗을 심지 않은 밭에서 작물을 수확할 수 없듯이 행복한 오늘은 오늘이라는 시간의 밭에 행복의 씨앗을 뿌리는 수고를 한 자에게 찾아온다. 오늘이라는 동안에 애쓰고 땀 흘린 만큼 때가 되면 꽃눈이 되고 열매를 맺는다. 유한한 인생이기에 참되고 선한 노력을 오늘이라는 시간의 터에서 부지런히 행하며 살아야 하지 않겠는가!

흙이 보이는 집

쌀쌀한 겨울 아침. 집 안은 고요하고 유리창 밖에선 겻대산이 천천히 숨을 들이쉰다. 산으로부터 시선을 아래로 옮기면, 붉은 벽돌로 아담하게 지은 유치원과 초등학교 운동장이 희게 펼쳐져 있다.

흙이 보이지 않는 집에서 10년이 넘게 살던 어느 날, 흙이 보이는 집에 살고 싶다는 마음이 신음처럼 올라왔다. 퇴근 후, 해가 지기 전에 먼저 어두워진 집 안에 들어서며 서쪽으로 창이 난 집이 그리워지기 시작했다. '어머니, 아직은 촛불을 켤 때가 아닙니다'란 시구를 떠올리며 불을 켜지 않고 저녁 준비를 하기도 했다. 시간이 흐를수록 동쪽과 서쪽으로 넓은 창이 있고 흙이 보이는 집에 살고 싶은 마음이 깊어갔다.

우레탄이 깔리지 않은, 흙 그대로의 운동장이 동쪽을 향한 넓은 창 앞에 한 장의 커다란 네모 도화지처럼 펼쳐져 있다. 6층에서 내려다보이는 운동장은 나에게 평안을 주고 감사를 불러일으킨다. 흙이 보이는 집을 원했는데 운동장의 흙뿐만 아니라 숨소리가 들릴 듯한 푸른 산과 해와 달이 떠오르는 하늘을 덤으로 받았다는 생각에 감사가 치솟아 오른다.

겨울 한낮에 집 안으로 햇빛이 들어오지 않는 것도 괜찮다. 햇빛은 온종일 유리창 밖에서 산과 속삭이며 산을 빛내고 그 밝음이 내 마음에 투영되어 나조차 환해지기 때문이다. 오후가 되어 햇빛이 서쪽 유리창을 통해 집 안을 잠시 기웃거리면 왜 그리 반가운지. 고대하던 손님이 찾아온 듯 햇살을 어루만진다. 8년이 넘도록 누리는 행복이다.

하루살이

신문을 읽고 스크랩하려던 손을 멈추었다. 지난 2년 동안 열심히 신문을 스크랩했지만 다시 읽은 일 없음이 생각났기 때문이다. 이후로도 스크랩해 놓은 글을 다시 찾아 읽을 것 같지 않다. 아쉬운 맘으로 신문을 내려놓으면서 가벼운 작은 짐 하나를 내려놓는 기분이었다.

내려놓을 것과 버릴 것을 생각한다. 욕심을 따라 들어와 쟁여져 어깨를 무겁게 하는 것들을 내려놓고 버리고 가볍게 인생길 걸어가야 할 것 같아서다.

몇 년째 입지 않은 옷가지들, 골동품이 되어 가는 쓰지 않는 그릇들, 쓸모 있을 것 같아 이 구석 저 구석에

박아 두었던 폐품들을 미련 없이 끄집어내야겠다. 버릴 것 버리고 나면 속이 개운한데 왜 버리기를 주저하는 걸까. 내려놓을 것 내려놓고 나면 어깨가 가벼워지며 콧노래가 절로 흘러나오는데 왜 내려놓지 못하는 걸까. 욕심이 너무 끈적거려 떼어내지 못하는 거겠지. 그래서 눈으로 귀로 들어와 마음에 덕지덕지 붙은 욕심의 잉여물들과 함께 힘겹게 인생길 걷고 있는 거겠지.

욕심으로 높이높이 쌓아올려지는 번쩍이는 문명을 뒤로 하고, 욕심이 없어서 변함이 없는 듬직한 산을 바라보고 앉아 있으니 버리고 내려놓기가 쉬워지는 것 같다. 신문 한 장만 내려놓아도 그만큼 가벼워지는 인생길, 내일을 근심하지 않는 하루살이처럼 하루를 살아야겠다. 하루살이처럼 단순한 그래서 더 진실한 하루를 지내야겠다.

창과 방패

이삿짐 견적을 보러 온 분 말씀이 책과 화분이 많다고 하는 말을 듣고서 책에 대한 고민이 시작됐다. 이기회에 책도 정리해 버릴 것 버리고 싶은데 어떤 책을 버릴까 고민 중이다. 마음 같아선 서재에 성경 1권만 놓아두어도 좋을 것 같다. 성경이 내 삶에 '창과 방패'가 됨을 알기 때문이다.

이사 준비로 분주히 움직이면서도 마음속엔 간밤에 꾼 꿈들이 오가고, 이 생각 저 생각이 바쁘게 오간다. 성경을 읽지 못한 채 며칠이 지나고 있다. 이런 날들이 계속되면 내 영혼은 곤고해지고 그 곤고함을 채우려는 듯 몸은 계속 먹을 것을 찾는다.

성경 말씀을 읽지 않고 시작된 하루는 손쉬운 대로 텔레비전 리모콘을 돌리며 더 재밌는 프로를 찾고, 배가 불러도 무언가를 먹고 싶어 촉각을 세운다. 그리스도인이라면 그리스도의 말씀을 먹고 말씀과 하나가 되어야 할 것이지만 말씀을 먹지 않았으니 영혼이 허기진 것이다. 재밌는 것, 맛있는 것을 찾으며 동시에 마음 한편으론 '이건 아닌데'하면서 안일한 하루를 보낸다.

하지만 말씀을 읽고 시작한 하루는 든든한 방패를 들고 있는 것 같아서 어떤 유혹도 거뜬히 막을 수 있으며, 또한 다가오는 어둠의 세력들, 여기저기 진치고 있는 어둠을 말씀으로 소멸시킬 수 있다. 말씀이 곧 '창'이 되는 것이다. 이런 능력의 원천인 성경을 난 사랑한다.

구석구석 장식품처럼 자리를 차지하고 있는 책들을 보며 버릴 책을 찾는데 막상 버리고 싶은 책이 없다. 책에 대한 욕심을 먼저 버려야 버릴 책들이 눈에 보일 것 같다.

두 주인

　2006년 8월 퇴직을 하며 한 가지를 내 자신에게 다짐했다. 앞으로 돈 버는 일은 하지 않는다고. 돈이 부족하지 않아서가 아니라 돈을 벌기 위해 신경을 쓰고 시간을 들이는 일이 싫었기 때문이다. 퇴직과 더불어 새장을 나온 자유로운 새가 되어 즐겁게 지내고 있다.

　이웃에 사는 분이 올 2월 정년퇴직을 하셨다. 그분도 퇴직할 당시에는 있는 돈과 연금으로 편안하게 즐기며 살기로 마음먹었으나 막상 사회에 나와 주변 사람들을 보면서 돈을 벌어야겠다는 생각을 하게 되었고 자격증을 따기 위해 학원에도 다니신다. 그러면서 우울증이 생겼다. 돈이 없어서가 아니라 돈을 더 벌어야 된다는 생각이 그분을 우울하게 만든 것 같다. 예수님께서는 사람이 두 주인을 섬길 수 없다고, 하나님과 재물을 동시에 섬길 수 없다고 말씀하셨다.

물질이 우리의 주인 노릇을 하고 우리는 물질의 종 노릇을 하며 산다는 말씀으로 들린다. 우리는 물질을 따라가고 그 물질은 우리의 몸도 마음도 좌지우지하며 분명 우리의 주인 행세를 하고 있다. 노후가 든든하게 준비되어 있는 이웃집 아저씨가 퇴직 후 우울증으로 고생한다는 말을 들으며 내가 퇴직 후의 우울증을 겪지 않을 수 있었던 것은 물질 욕심을 내려놓았기 때문이 아니었을까 하는 생각을 하게 된다.

우리를 평안하고 행복한 길로 인도해 주는 주인과 우리를 끝없이 목마른 길로 인도하는 주인 중에서 어느 한 주인을 선택하여 우리는 섬기며 살고 있는 것이다.

'서초수필' 교실에서

중부매일 '나팔꽃'에

변화의 바람

〈현대 수필〉계간지를 발행하는 윤재천 교수님의 서초수필문학회 회원이 되었다. 마음이 약한 나는 친구의 권유로 등 떠밀리다시피 하여 오게 되었고, 머뭇거림 없이 그날 등록을 했다. 수필문학계의 이름높은 윤재천 교수님과의 만남 그리고 자유와 개성을 강조하는 수필관이 마음에 들었고, 열심히 살아가는 사람들의 흐름에 합류하는 것이 흐뭇했기 때문이었을 것이다.

중학교에서 28년 남짓 국어를 가르쳐 온 내게 '수필'은 낯설지 않은 장르다. 또한 이웃들의 살아가는 모습을 엿보고 싶을 때 즐겨 읽는 책이 수필집이다. 하지만 수필을 써 보아야겠다고 생각한 적은 없었는데, 아니

시시콜콜히 쓰는 게 싫어서 시를 선호했고 시 아닌 시를 쓰고 있는데… 얼떨결에 수필문학회 회원이 되었다.

일주일에 한 번 갈 때마다 두세 권씩 회원들의 작품집을 받아들고 오게 된다. 그전 같으면 그냥 책꽂이에 꽂히고 말았을 텐데 집에 돌아오자마자 호기심을 갖고 책장을 펼치고 읽기 시작한다. 이것이 수필문학회원이 된 나의 변화된 모습이다.

수필집들을 읽으며 생각한다. 내가 수필문학회원이 된 것은 수필을 써야 되기 때문이 아닐까. 우연히 내 뜻과 상관없이 친구의 손에 이끌려 간 것 같지만 진실은 내 삶을 인도하시는 그분의 손길에 이끌려간 것이 아닐까. 대학노트 몇 권에 가득히 담겨 있는 삶의 고뇌와 흔적들이 수십 년째 잠자고 있는데 그것들을 깨울 때가 된 것이 아닐까.

지극히 소극적으로 생각하며 수동적으로 살아온 나의 삶이 〈수필문학〉을 통해 적극적이고 능동적인 삶으로 변화되는 계기가 되었으면 좋겠다. 수필이 변화되어야 한다고 하는데 수필을 쓰는 주체인 내가, 나의 삶이 먼저 변화되었으면 좋겠다. 사람들의 눈치 보지 않고, 옳다고 믿는 대로 소신껏 밀고 나아가는 용기와 적극성이 내 안에서 기지개를 켜고 깨어나면 좋겠다. 나아가 글을 읽는 사람들의 삶이 변화되고, 민족의 삶이, 인류의 삶이 변화되는 시발점이 되면 좋겠다.

변화가 곧 성장이고 발전임을 깨닫고 상생을 향하여 비상하는 서초수필문학회의 한 사람이 되고 싶다.

- 2007. 3. 28. -

아름다운 사람

'가장 아름다운 사람은 바로 이 사람이다.'라고 망설임 없이 떠올릴 수 있는 사람을 가진 사람은 분명 행복한 사람이리라. '가장 아름다운 사람'으로 떠오르는 대상은 대부분 어머니이겠고 아버지도 얼마간 끼어있을 것이다. 사람들은 자기에게 희생과 사랑을 베풀어 준 사람을 아름다운 사람, 고마운 사람으로 기억하게 마련이니까.

나의 경우도, 잊을 수 없는, 생각할 때마다 마음이 뜨거워지는 그리하여 내 마음을 아름답게 순화시키는 오래 전에 돌아가신 아버지를 '가장 아름다운 사람'의 우선순위에 두고 싶다. 어린 시절 아버지께 받았던 신뢰와 사랑과 격려가 오늘의 나를 있게 한 원동력이었음을 알기에….

그러나 오늘은 "당신은 아름다운 사람입니다!"라고 외쳐주고 싶은 분의 이야기를 하고 싶다. 그분은 그림 그리는 것은 젬병이고 길치(길맹)이다. 그러면서도 인생의 청사진은 아주 정확하고 멋지게 그려놓고 살고 있으며 눈에 보이는 세상길은 잘 찾지 못해도 하늘가는 길을 찾는 감각은 매우 섬세하고 예민하게 발달되어 있는 분이다. 이 땅의 청소년만 보면 가슴이 뛰는 그런 분이다.

월드컵 경기를 보며, '한 나라를 변화시키고 움직이는 데 그렇게 많은 숫자가 필요하지 않구나! 23명만으로도 충분하구나!' 하는 깨달음으로 천하를 얻은 듯 기뻐하며, 한 나라를 평화와 소망과 기쁨이 넘치는 살기 좋은 나라로 만들어 보겠다는 크고 높은 뜻을 지니고 사는 분이다. 자기의 유익을 구하지 아니하고 이웃의 유익을 위하여, 하나님 나라의 유익을 위하여 사는 분이다. 10억 원의 돈을 들여 교육관을 짓기보다 실력 있는 청년들을 뽑아 대학 대학원 전액 장학금을 지급하며 매년 300명의 기드온 용사를 길러내고 싶어 하는 분이다.

이제는 내가 그 사람을 생각만 해도 기분이 좋아지고 힘이 솟는다. 라디오, TV, 저서를 통해 알게 된 그분은 내가 지금까지 보고, 듣고, 알고 지내는 사람들 가운데 가장 아름다운 사람이라고 서슴없이 말하고 싶다. - 이 땅은 이름 없는 아름다운 사람들의 향기로 꽃이 핀다. 부성애, 모성애보다 더 크고 깊은 인류애를 품고 사는 그분의 큰 사랑이 때때로 나를 가슴 두근거리게 한다. 희망의 돛단배를 타고 항해하게 한다.

- 2007. 5. 3. -

설거지를 하며

어머니댁 가스레인지는 언제나 윤기가 흐르고 있다. 볼 때마다 그 부지런하심에 감동한다. 우리집 가스레인지가 깨끗한 적은 일 년에 서너 번일 것이다.

언니집에 가 보면 거실의 넓은 유리창들이 언제나 말끔하다. 말은 안 해도 마음속에서 감탄사가 흘러나온다. 우리집 유리창은 일 년에 한두 번 깨끗하다.

어머니와 언니는 살림꾼이다. 가스레인지나 유리창만 깨끗하게 해 놓고 사는 것이 아니다. 음식, 빨래, 식물 기르기, 정리정돈에 이르기까지 손과 발이 쉴 틈 없이 부지런히 움직이며 깔끔하게 이루어낸다.

나의 아이들이 자라서 설거지를 할 나이가 되어서야

나의 살림살이와 그들의 살림살이와의 차이를 이루어 내는 것이 무엇인지 알게 되었다. 이제까지는 나의 힘 부족이 원인이라 생각하며 건강한 사람들의 깨끗한 살림살이를 부러워만 해 왔는데, 그 차이가 힘의 있고 없음에서 오는 것이 아니라 視野의 넓고 좁음에서 오는 것임을 알게 되었다.

아이들에게 설거지를 하게 하면 싱크대 안에 있는 것들만 씻어 놓는다. 싱크대 밖에 놓여 있는 것들은 손대는 법이 없다. 싱크대 주변을 행주로 닦지도 않고 식탁도 닦지 않고 설거지를 끝낸다. 엄마인 내가 볼 때는 설거지를 하다 만 셈이다. 다시 한참 내가 뒷정리를 해야 한다. 그런데 그 아이들 입장에서는 열심히 설거지를 끝낸 것이다.

아이들의 설거지를 마무리하는데 지저분한 가스레인지 위로 어머니의 깨끗한 가스레인지가 오버랩되었다. 아, 그거였구나. 나는 이제까지 설거지할 때 가스레인지가 보이지 않았다. - 가스레인지는 닦지 않아도 된다고 생각했으므로 - 그래서 닦지 않았고, 우리 어머니 눈에는 가스레인지가 보여서 설거지할 때마다 닦으셨다. 우리 아이들 눈에는 싱크대 밖이 보이지 않는 것이다. 더구나 멀리 떨어져 있는 식탁이 안중에 없는 것이다. 설거지를 잘하고 못하는 것은 시야의 넓고 좁음의 차이구나 하는 깨달음이 왔다.

그러고 나서 생각해 보니 시야의 문제는 설거지에서만 해당되는 것이 아니었다. 삶의 모든 영역에서 시야의 문제가 삶의 질과 능력의 차이를 이루고 있음이 보였다.

내 발 밑의 공만 정확히 보는 축구선수와 열한 명의 움직임과 공을 함께 보는 축구선수와 다른 팀 선수들의 움직임까지 보며 뛰는 축구선수는 분명 실력의 차이가 있을 것이다.

살아가면서 누구나 경험하는 것 중에 어른이 되어서 어린 시절을 보낸 학교나 동네를 찾아가면 넓었던 운동장이 매우 작아 보이고, 어릴 때 살았던 집 골목도 그 때는 넓었는데 지금은 매우 좁게 느껴지기도 한다. 아이와 어른의 눈높이의 차이에서 비롯되는 현상일 것이다.

효자와 불효자, 우등생과 열등생, 긍정하는 이와 부

정하는 이, 칭찬하는 이와 험담하는 이…. 이들의 차이
를 이루어내는 것이 바로 그들의 시야의 차이에서 오
는 것이 아닐까?

시야를 넓히는 공부, 시야를 넓히는 연습, 시야를 넓
히는 생각, 시야가 넓은 사람과의 사귐으로 시야가 넓
은 사람이 되는 일이 중요하고도 필요한 일임을 설거
지를 하며 깨닫는다.

- 2007. 8. 7. -

인간적인 너무나 인간적인

　오랜만에 대학 친구들과 만나 이야기하다가 대학시절의 기억 하나가 떠올랐다.

　대학을 다니면서 열심히 공부하기보다는 인생의 의미를 찾아 미운오리새끼처럼 헤매던 시절, 우리집 책장(그릇장을 책장으로 사용했던 것 같다)에는 몇몇 권의 책들 사이에 철학 에세이 전집 한 질이 꽂혀 있었다. 지금도 대표적인 철학자들로 일컬어지는 귀에 익숙한 사람들의 이름이 열 명쯤 -버어트란드 러셀, 키에르케골, 칼 힐티, 니체… 등이 책장에서 빛나고 있었다. 마지막 할부금을 내야 하는 날이 가까워 왔을 때, 문득 이런 생각이 떠올랐다. '마지막 한 달 할부금에 이 책을 팔아

서 할부금을 내면 어떨까.'

사실 열 달에 걸쳐 책값을 내는 동안 그 중 한 권도 제대로 읽지 않았다. 그저 그 앞을 지나다니며 바라보는 것으로, 책 제목만 읽으며 마음의 배가 불렀던 것 같다. 어쩌면 꺼내들었다가 어려워서 몇 줄 읽지 못하고 그냥 꽂아 놓았는지도 모르겠다. 어느 날 선배와 캠퍼스를 내려오며 그 생각을 이야기했고, 그 선배는 흔쾌히 한 달 할부금으로 열 달 묵은 철학 전집 한 질을 사갔다.

그렇게 주인이 바뀐 10권의 철학책은 내 젊은 날의 방황과 고뇌를 상징하고 있는지도 모른다. 그 당시 니체의 '인간적인 너무나 인간적인' 이라는 글귀에 사로잡혀, 정말 인간적인 사람이 되어 살고 싶다는 일념으로 방황했다. '인간적'인 것이 무얼까 고뇌하며…. 그리고 책갈피에 쓰여 있던 니체의 명언 한 마디, '초인은 고통을 두려워하지 않고, 그 고통을 사랑하는 자이다' 를 지팡이 삼아 대학 4년의 살얼음진 강을 건넜다.

사람들은 무슨 생각을 하며 사는지 궁금해 했고, 길

을 가다가 머리가 파뿌리처럼 하얗게 센 할아버지, 할
머니들의 주름진 얼굴을 바라보면 경외심이 솟았다.
수많은 인생의 크고 작은 어려움들을 이겨내고 지금
이 땅 위에 살아 숨 쉬고 있는 것만으로도 존경받아 마
땅하다는 생각을 하며 걸었다. 왜 사는지, 어떻게 살아
야 하는지, 어디로 가고 있는 것인지, 진리라는 말이 있
는데 참으로 진리가 존재하는 것인지, 진리가 무엇인
지…. 이런저런 생각들의 답을 찾기 위해 방황하며 표
정 없이 창백한 모습으로 사는 것이 '인간적인 너무나
인간적인' 것이라 생각하며, 꼬리에 꼬리를 무는 생각
들 속에서 작은 바람결에도 흔들리는 연약한 갈대처럼
존재했었다.

　이런 나에게, 화안한 얼굴에 언제나 미소가 매달려
있는 직장 동료 한 분이 조심스럽게 성당을 소개하고,
예수 그리스도를 알리는 책자를 건네주었다. 그 순간
내 속에서 튀어나온 말이 입 안에서 맴돌았다. '아니오,
난 신적(神的)으로 살지 않고 인간적으로 살 거예요.' 인
간으로 태어났으니 인간적으로 사는 것이 마땅하다는

고집으로 그분의 호의를 부담스러워하며 받아들이지 않았다. 그분은 그 후로도 여러 번 내게 '빛'을 전하고자 했으나, 내 마음에 이미 두텁게 진 치고 있던 어둠에겐 그 빛이 낯설 뿐이었다.

내 생각, 내 말이 옳지 않았음을 알게 된 것은 그 후 몇 년이 지나 내게 빛이 임하고 난 뒤였다. 진천 농다리 한가운데에서 이끼에 미끄러져 허리 아래까지 오는 물에 빠지는 순간, '어머, 나도 빠지나?' 하며 내 목까지 가득 차 있던 교만이 정체를 드러내고 튀어나온 뒤에야 내가 이끼보다도 잘난 게 없는 보잘 것 없는 존재라는 깨달음이 왔고, 길에 구르는 돌멩이에게서, 바람에 나붓나붓 흔들리는 푸른 잎새들에게서, 푸르게 돋아오르는 잔디의 생명력 앞에서, 나를 그리고 만물을 존재케 하는 그분의 실체를 느끼게 되었다. 눈에 보이는 것들을 존재케 하는, 눈에 보이지 않는 힘이신 그분을 알고, 그분과 더불어 화평을 누리며 사는 것이 참으로 '인간적인 너무나 인간적인' 것이구나 하는 탄식이 흘러나왔다.

니체의 『짜라투스트라는 이렇게 말했다』를 읽으며 이해하려고 애쓰지 않은 것이 다행이라는 생각이 든다. "신은 죽었다"라고 외친 그의 사상에 심취하지 않은 것이 얼마나 다행한 일인가 하는 생각이 바람이 스쳐가듯 얼핏 들 때가 있다. '인간적인 너무나 인간적인'이라는 말에 매혹되어 양지가 아닌 음지를 골라 디디며 살얼음판 같은 인생길을 무기력하게 살아온 것은 아닌가 하는 생각이 든다. 양지쪽에 둥지를 틀기 전에는 따뜻한 햇살을 누릴 수 없는 것을….

나는 분명 내 인생의 방황기에 몇몇 철학자들의 책과 글들을 푯대삼고 지팡이 삼아 그 시기를 지나왔다. '철학'은 '진리를 탐구하는 학문'이라고 생각했기 때문이었다. 오늘 '진리'의 성에 다다른 것도 그러한 징검다리들이 있었기 때문일 것이다.

내게는 왠지 베스트셀러를 무시하는 마음이 있다. 내게는 왠지 유명한 사람들을 외면하고픈 마음이 있다. 그런 나는 요즘 새롭게, 왜 사람들이 유명해지려고 하는지, 유명세가 무엇인지 깨닫고 있기도 하다. 나는 그저 혼잡한 도시를 내려놓고 풀향기가 기다리고 있는, 자연으로 가득한 마을로 돌아가고 싶다. '인간적인 참으로 인간적인' 삶을 살고픈 꿈이 아직 남아 있기 때문일까.

- 2008. 5. 서초수필문학 7 -

다시 읽는 여자의 일생

수필 문학회에 발을 들여놓았을 때 가장 먼저 떠오른 것이 20대를 지나며 쌓인 몇 권의 공책이었다. 차마 버리기가 아까워 결혼할 때에도 싸들고 왔고, 몇 번의 이사 때에도 짐의 가장 밑바닥에서 숨죽이고 있었던….

두 편의 글을 써야 되는 부담을 갖고 무엇을 써야할지 궁리하다가 그 공책들이 생각나서 비로소 꺼내보았다. 깨알 같은 글씨의 일기들이 빼곡하고, 몇 편의 시와 독후감이 들어 있었다. 글감을 찾을 수 있을까 해서 며칠 밤을 훑어보다가 '여자의 일생'에서 눈길이 멈추었다. 1981년 10월에 써 놓은 글을 2008년 2월에 다시 읽으며, 그 때의 내 생각과 지금의 내 생각이 크게 다르지 않은 것이 신기했다. 거의 한 세대가 지나가고 있는데….

다시 읽으며 한두 문장을 빼거나 수정했고, '양성평등'이라는 단어를 새로이 집어넣어서, 27년 동안 서랍 속에서 잠자고 있던 '여자의 일생'을 바람 부는 세상 가운데 내어 보낸다.

가을날 발에 밟히는 낙엽만큼 흔하게 들어온 '여자의 일생'.

기쁠 때에도 슬플 때에도 우리의 할머니, 어머니들은 그 말로 위로를 삼고 때로는 체념하며 고생뿐인 인생 고개를 넘으셨다. 당신들 뜻대로 찾아 넘는 고개가 아니고, 그저 벙어리 3년, 장님 3년, 귀머거리 3년으로 넘는 고개였기에 더욱 멀게, 더욱 힘겹게 느껴졌고, 남는 것은 눈물과 한숨뿐이었다. 딸이었다가 어머니가 되고 할머니가 된다. 딸은 공상하기에 바쁘고, 어머니는 자식과 남편 시중으로 여념이 없고, 할머니는 장성하여 곁에서 떠나가는 자식들을 바라보며 쓸쓸하다.

'동화의 나라 숲 속의 공주'처럼 행복하고 아름답게 자라난 〈잔느〉는, 야비하고 탐욕스럽고 잔인하고 인색한 남편 〈줄리앙〉과 결혼하면서 불행과 벗하게 된다.

'행복하고 선량하고 얌전하고 상냥한' 여자를 만들려는 아버지에 의해 5년간의 수도원 생활을 마친 〈잔느〉에게는 오직 이상적이고 낭만적인 꿈으로 가득 찼던 세상이었는데, 하루아침에 꿈은 깨어져 버렸고 남은 것은 환멸과 절망과 슬픔이었다.

〈줄리앙〉은 배신과 방탕 끝에 횡사하고, 〈잔느〉는 아들 〈포올〉을 돌보는 기쁨도 잠깐 남편에게 속았듯이 다시 아들의 방탕에 속고 속으며 끝없이 용서하고 체념하면서, 〈줄리앙〉의 아이를 낳고 쫓겨났던 몸종 〈로잘리〉와 흰 머리에 부자유스러운 몸이 되어 "생각보다 좋은 것도 아니고 나쁜 것도 아닌" 인생을 이야기한다.

주인공 〈잔느〉의 불행한 생애와 하녀 〈로잘리〉의 성공적인 삶에서 깨닫는 바가 크다. 단순한 선량함보다는 실생활에 적응할 수 있는 적당한 용기와 지혜가 필요하다. 우리 어머니들이 늘 슬퍼야만 했던 것도 우리 어머니들의 신체적, 정신적, 경제적 무력(無力)에서 오는 것이 아니었을까. 여자의 삼종지도를 강조하는 사회적 인습 속에서 우리 어머니들에게 '인내'와 '체념'이 곧 생존에 이르는 길이었고, 이제 우리는 그 눈물의 어머니들의 딸들로서 어머니가 되어 가고, 할머니가 되어 가고 있다.

그러나 우리 머릿속에 있는 미래의 어머니, 할머니들은 그렇게 비관적이지 않다.

'어려서는 아버지의 귀여운 인형, 자라서는 남편의 사랑스런 종달새'에 불과했음을 선언하고 과감히 집을 나가는 〈노라〉는 현대를 살아가는 여인들의 가슴 속 어디에나 있다. 팔의 힘은 비록 세지 않아도, 남자들의 센 팔 힘을 대신할 만한 정신적인 양식은 충분히 마련되어 있다. 아니 마련되어 있는 양식을 소화하고 육화(肉化)시킬 만큼 충분히 현명하다. 또한 남존여비, 남아선호 같은 유교적 윤리는 퇴색해가고 양성평등 사상이 자리 잡으며 이제 여성들은 경제적으로도 무력하지 않다.

이러한 흐름으로 한 세대가 더 흐른다면, 그때 〈모파상〉의 『여자의 일생』은 '과거 여성들의 운명이 어떠했었나'를 보여 주는 고전에 지나지 않을 것이다. 그러나 아직은 이 책을 읽으며 몇 번이나 가슴이 찌르르했던 것으로 보아, 여성이라면 꼭 한번 읽어 보고, 그 속에서 자신의 모습을 발견해 내고, 삶의 궁극적인 목적이 행복에 있다는 아리스토텔레스의 말이 아니더라도 '행복한 일생'이 되는 길을 모색해 보았으면 하는 바람이다.

그리스의 작가 〈카잔차키스〉가 지은 『희랍인 조르바』에 이런 구절이 나온다. "나는 나의 일생을 회상했다. 미적지근하고, 앞뒤가 안 들어맞고, 머뭇거리기만 하고, 꿈같아 보이는 일생이었다. 나는 절망 속에서 그걸 되새겨 보았다. 높은 곳에서 부는 바람 때문에 흩어지는 솜털구름처럼 나의 생활은 자주 형태를 바꿨다. 산산이 조각났다가 다시 형태를 잡으며 변모해 갔다. 백조가 되었다가 개가 되고, 악마가 되었다가 전갈이 되고, 다음엔 원숭이로 모습을 차례차례 바꿔 갔다. 하늘에서 불어오는 바람에 몰렸고, 그 사이에 무지개가

서기도 했다."

　인생항로는 여자에게나 남자에게나 결코 순탄하지만은 않은 것 같다. 인생이란 끊임없이 문제를 풀어가는 과정이고, "이 놈의 세상살이는 꼭 종신형이거든" 하고 서슴없이 내뱉으며 웃고 떠들고 즐거워하는 것이다.

　이제 여자이기 때문에 불행을 당하고 슬퍼해야 되는 때는 지났다. 적어도 우리의 딸들이 어머니가 되었을 때는 여자이기 때문에 잃는 것보다는 얻는 게 더 많은 시대를 살고 있을 것이다.

- 2008. 5. 서초수필문학 7 -

텔레비전 유감

　알고 지내는 이웃집 엄마가 고등학생 딸아이가 하복을 입기 어려울 만큼 너무 작게 줄여왔다고 걱정스러운 눈빛으로 말을 한다. 왜 그렇게 줄였느냐고 하니까 반 아이들이 모두 이렇게 줄여서 입는다고 했단다. 그 말을 들으며, 거리에서 마주쳤던 여학생들의 옷매무새가 떠올랐다. 보는 사람마저도 불편하게 느껴지는 몸을 조일 듯한 교복, 볼레로처럼 걸쳐 입고 다니는 하복 상의…. 이웃집 엄마의 말을 들으며 '아, 텔레비전에 나오는 누군가가 그런 옷을 입고 있겠구나'하는 생각이 들었다.

　또 이런 말도 했다. 일흔이 넘은 친정아버지가 친정

엄마에게 애인을 구하고 싶다고 조른단다. 엄마는 마이너스통장을 해 줄 테니 마음대로 하라며 두 손을 들었고, 오늘 아침에 딸인 자기에게 마이너스통장의 보증을 서 달라는 전화가 왔단다. 그 말을 들으며, '엄마가 뿔났다'를 재미있게 보고 계신 할아버지일 거라는 생각을 했다.

고교 시절 세계사 시간에 배운 내용 중 머릿속에 각인된 것은, 로마제국 멸망의 근원이 '3S' - 스크린(screen), 스포츠(sport), 섹스(sex)의 만연에 있었다는 점이다. 지금 우리 사회의 모습은 어떤가. 텔레비전, 인터넷, 휴대폰, 영화 등의 스크린 시대가 아닌가. 이 스크린 스타들이 문화의 흐름을 주도해 가고, 억대 연봉의 스포츠 스타들은 온 국민을 열광의 도가니로 몰아넣기에 부족함이 없다. 섹시하다는 말을 듣는 것을 최대의 모욕으로 느끼던 세대들이 역사의 무대에서 사라지기도 전에, 섹시하다는 말을 듣고 싶어 하고 섹시하다는 말을 최대의 찬사로 여기는 'S라인'의 시대가 되었다. 오래 전 텔레비전에서 본 단막 드라마의 내용을 잊을 수 없다. 음란비디오를 불법으로 제작, 판매하여 부자가 되어 가는 어느 가장의 십대 아들이 아버지가 제작한 비디오를 보게 되며, 꿈이 없고 미래가 없는 아들이 되어 가는 모습을 발견한 아버지가 때늦은 후회와 낭패감에 빠지는 이야기였다.

텔레비전은 우리를 하나 되게 만들기도 한다. 88올림픽 때에 그랬고, 지금 베이징 올림픽 중계방송을 보며 전 국민이 하나가 된다. 하나가 되는 것은 무엇보다도 아름다운 일이다. 그곳에는 기쁨이 있고 평화가 있다. 그곳에는 꿈과 소망이 살아 숨 쉬고 있다. 4년 뒤의 영광을 바라보며 이를 악물고 눈물을 쏟으며 훈련에 집중했을 선수들의 와신상담(臥薪嘗膽)이 보는 이의 마음을 뜨겁게 한다. 쓴 '인내'가 달콤한 '열매'를 맺는 축제의 마당에서 우리는 하나가 되어 즐거워한다.

같은 경기를 보고, 같은 드라마를 보고, 같은 영화를 보아도 보는 관점이 다 다르다. 마음의 더듬이가 향하고 있는 방향에 따라 보이는 것이 다르고 느끼는 것이 다르다. 그리고 발짝을 떼고 나아가는 방향이 다르다.

텔레비전은 물, 공기, 밥처럼 우리의 삶과 밀착되어 있다. 이를 통해 입맛에 맞는 달콤한 것들을 골라 먹을 것인지 아니면 몸에 좋은 쓴 약을 선택하여 먹을 것인지 한번쯤 깊이 생각해 보아야 할 때다. 쾌락의 물줄기에 휩쓸려 떠내려갈 것인지 아니면 알을 낳기 위해 도도히 흐르는 물살을 거슬러오를 것인지 결단해야 할 때다. 공기를 호흡하듯 영상 매체와 함께 호흡하며 사는 이 시대에 '아는 게 병'이 아닌, '아는 게 힘'이 되는 현명한 시청자가 되어야 한다.

- 2008. 8. 25. -

작지만 큰 나라

  아이들이 텔레비전 뉴스에 귀를 기울일 만큼 컸다고 생각되었을 때, 텔레비전을 통해 나오는 뉴스에 신경이 많이 쓰였다. 좋은 내용의 뉴스보다는 좋지 않은 내용이 더 많은 것이 보통이기 때문이었다. 정직하게 살라고 가르치는 위치에 있는 어른들이 정직하지 못하게 살아서 당하는 일들이 보도될 때 같은 어른으로서 아이들에게 미안했고, 아이들이 어른들을 어떻게 생각할지 염려되었던 적이 있었다.

  요즘 젊은이들에게 '정직하게 살면 손해 본다'는 의식이 팽배해 있다. 이런 의식이 형성되기까지 텔레비전과 신문을 통해 보고 들은 것들이, 그리고 가정에서 사회에서 보여준 어른들의 말과 행동이 있었을 것이다. 심지어 내게 이로우면 '선'이고, 내게 해로우면 '악'이라고 여기는 가치혼돈의 사회 속에서 체득된 의식일 것이다.

손해 보지 않으려고, 자기에게 이롭게 하려고 말을 바꾸고, 원칙을 바꾸고, 법을 바꾸고 하다 보니 공존 관계인 '우리' 사이에 틈이 벌어지고 불신이 커져가고 있다. 예로부터 '가화만사성'이라 했고, '인화'(人和)를 중시하며 전후의 폐허에서 기적적으로 일구어낸 발전된 사회와 문화가 전염병처럼 퍼져나가는 '불신의식'으로 기우뚱거리고 있다. 이익을 챙기고 눈앞의 손해는 모면할 수 있을지 몰라도 더 큰 것, 아니 가장 중요한 것을 잃어가고 있다. 물질을 잃으면 조금 잃은 것이요, 친구를 잃으면 반을 잃은 것이요, 건강을 잃으면 큰 것을 잃은 것이요, 신의를 잃으면 전부를 잃은 것이라는 옛 어른들의 가르침은 지금도 유효하다.

5대양 6대주의 한 구석, 손톱만한 땅에서, 그나마 반으로 금간 유리 같은 위태한 땅에서, 석유 한 방울 나오지 않는, 있는 것이라곤 사람밖에 없는 나라에서, 사람이라고 해야 몇 안 되는 나라에서, 하나가 되어 똘똘 뭉쳐 힘을 내어도 힘이 부족할 판에 '물질'을 위해 '정직'을 헌신짝 버리듯 버리는 이 시대, 이 민족이, 대양을 넘어 불어오는 더 큰 '물질'의 바람들을 어떻게 감당할 것인지 적잖이 염려가 된다.

중1때 탐독했던 위인들 중 가장 인상적인 분은 '안창호 선생'이었다. '무실역행'을 강조하며, "죽더라도 거짓이 없으라", "농담으로라도 거짓을 말하지 말라", "거짓이 내 나라를 망하게 한 원수다"라고 피를 토하는 심정으로 외쳤던 그 부르짖음이 그대로 오늘 우리들에게 외치는 소리로 들리는 것은 왜일까. 도산 선생이라면 "손해를 보더라도 정직하라"고 이 시대를 향하여 외치실 게 틀림없다. '정직'이 교과서에만 들어 있는 유물이 되어선 안 된다.

벤자민 프랭클린은 "정직과 근면을 당신의 영원한 반려자로 만들라"고 했고, 정직은 성공의 왼손이고, 근면은 성공의 오른손이라는 명언도 있다. 무성하게 잘 자라는 나무마다 땅 속 깊이 건강한 뿌리를 내리고 있듯이, 개인의 삶이든, 사회와 나라의 미래이든 건강하게 뻗어가려면 '정직'의 뿌리와 '근면'의 뿌리를 깊숙이 내릴 수 있는 토양이 필요하다. '나'만을 생각하는 길가 같은 단단한 흙이 아니라, '민족'을 품을 수 있는 잘 썩은 퇴비 같은 부드러운 흙이 필요하다.

　뉴스를 통해 늘 보듯이, '부정'(不正)하게 산 자의 결국은 문구점 앞 뽑기 판에 나오는 '꽝!'일 뿐이다. 텔레비전과 신문을 통해 뉴스를 듣고 보는 어린이든 젊은이든 어른이든 '정직'한 길을 떠나 산 자의 결국은 '꽝!'일 뿐임을 깨닫고, 인생의 마지막에 가장 크게 웃는 자가 되기 위해 "손해를 보더라도 나는 정직하게 살겠다"라고 당당히 말하는, 참으로 살기 좋은 기름진 땅, 작지만 큰 나라 대한민국이 되는 날을 소망해 본다.

- 2008. 9. 26. -

영혼의 담금질

중학교 1학년 아이들을 대상으로 백지에 깨어진 계란을 그리게 하고 그 속에서 무엇이 나왔는지 그리게 하는 집단 상담 프로그램에 참여한 적이 있었다.

대부분의 아이들이 즐겁게 여백을 채워나갔다. 그 작업이 끝난 후에 대부분의 아이들은 속이 후련했을 것이다. 자기 속에 웅크리고 있던 것들이 토해져 나왔으니 말이다.

그 때 새롭게 알게 된 것이 있었다. 계란 속에서 나온 것들이 돈, 핸드폰, 연예인들인 아이들의 공통점이 초등학교 시절에 책과 거리를 두고 성장했다는 점이다.

중학생인 지금도 책은 거의 읽지 않고 있으며. 수업 시간에는 산만한 태도로 일관했다. 지적 호기심과 지적 능력, 논리적인 사고 능력이 현저하게 결여되어 있었다.

세계 최연소 교수로 소개된 알리 사버(18) 건국대 교수는 어린 시절에 가리지 않고 읽은 많은 책들이 오늘의 나를 있게 한 동력이 된 것 같다고 인터뷰에서 밝혔다. 타고난 영리함과 남다른 노력도 있었겠지만 남달리 많은 독서량이 세계 위에 우뚝한 존재로 만들어 주었다는 말에 공감이 되었다.

독서는 자라는 아이들에게만 필요한 것이 아니다. '서중자유천종록'이요, '책 속에 길이 있기' 때문에 나이에 관계없이 글을 읽을 줄 아는 사람이라면 누구나 독서를 해야 한다. 밥을 통해 몸의 에너지를 충전하듯이 독서를 통해 영혼의 필요를 채우는 일 또한 중요하다.

요즘 사회적 문제로 다루어지고 있는 '우울증'의 또 다른 이름은 '영혼다공증'이 아닐까. 생각과 마음에 필요한 것들을 채움 받지 못하고 지내는 동안 생각과 마음이 허약해지고 허물어지는 것은 아닐까.

인정받은 말 한 마디가 삶의 목표가 되기도 하지만,

말 한 마디에 상처가 나고, 살 힘을 잃기도 하는 것이 사람의 마음이다. 몸이 질그릇처럼 깨어지기 쉽다면, 마음은 몸보다도 더 부드럽고 연해서 외부의 자극을 그대로 흡수한다. 이런 마음이 수없이 오가는 거친 말들에 걸려 넘어지거나 다치지 않고 건강하게 삶을 운전해 가려면 자동차에 기름을 채우듯 마음에도 질 좋은 기름을 채워야 한다. 마음이 힘을 얻어 목표를 향해 잘 나아가도록 기름을 공급하는 과정이 바로 독서다.

우리는 평소에 꾸준히 책을 읽어야 한다. 필요한 책, 읽고 싶은 책, 남들이 권하는 책 할 것 없이 틈만 나면 책으로 눈을 돌려야 한다.

책을 읽으며 위로받고 꿈을 꾸고, 세상을 이해하고 도전하며, 내 자리에서 최선을 다하고 자신을 자랑스러워할 수 있어야 한다. 이런 삶을 사는 사람들의 일상을 들여다보면 분명 그곳엔 잘 발효된 김치처럼 맛깔스러운, 보석 같은 책들이 마음의 갈피갈피에 꽂혀 있다.

세상은 연일 떠들썩하지만 춥지 않아서, 연료비가 적게 들어서 조금은 위안이 되는 가을이다. 정치 마당과 경제 광장에 짙은 구름이 낮게 드리워 있는 요즘 우리가 할 일은 그동안 바빠서 읽지 못했던 책들을 꺼내어 먼지를 털고 책 속에 빠져 볼 일이다.

잘 발효된 식품이 몸에 좋듯이 잘 발효된 사상 속에 영혼의 담금질을 해 볼 일이다. 건강하고 풍요로운 내일을 꿈꾸며.

- 2008. 10. 28. -

약국에서의 단상

모임이 끝나고 귀가하는 길에 오랜만에 얼굴이라도 보고 가려고 친구의 약국에 들렀다.

점심시간이 끝나자 손님들이 줄을 이었다. 한 손님이 20여 년 앓고 있다며 간염 치료제를 사 갔다. 그 뒷모습을 보며 몸이 아프면 약국에 와서 약을 사 먹으면 되지만 마음이 아플 때는 어떻게 하나 하는 생각이 들었다.

우리는 곧잘 마음을 다친다. 잘 생긴 사람을 보았을 때 그 아름다움에 감동하는 것으로 끝나지 않고 상대적인 열등감을 느끼며 마음이 팍팍해진다.

잘난 사람을 보았을 때 질투심이 발하며 부정하고 싶은 충동을 느낀다. 상대방이 나를 욕하고 깎아내리지 않아도 스스로 잘난 사람 앞에서 기분이 가라앉는다. 이런 경험들이 반복되면서 나무가 자라듯 인격이 형성되어 간다. 예의바르고 성실하게 살면서 주위 어른들과 선생님들에게 사랑받고 인정받는 친구를 못마땅해하며 때려주고 아픔을 주고 싶어 한 한 중학생의 마음도 이런 성장 단계의 한 유출이 아니었을까.

우리는 자기의 경험과 생각을 바탕으로 하여 세상을 이해한다. 살아오면서 본 것, 들은 것, 읽은 것 들을 통해 세상을 본다. 그래서 '우물 안 개구리'라는 말도 생겼나 보다.

생각이 바뀌면 행동이 바뀌고, 행동이 바뀌면 습관이 바뀌고, 습관이 바뀌면 인생이 바뀐다고 했다. 좋은 삶을 살게 되는 출발이 생각에서 시작되는 셈이다.

그러면 우리의 삶을 이끌어가는 생각의 원천이 되는 것은 무엇일까? 입으로 먹은 음식들이 피가 되고 뼈가 되고 살이 되고 움직이는 힘이 되듯이, 오감(五感)을 통해 내 안에 들어 온 것들이 생각의 소재가 되고, 인격의 구성요소가 되고 말과 행동이 되어 흘러나온다. 그 말과 행동으로 잘난 사람이라 인정되기도 하고 못난 사람이라 평가되기도 한다.

잘난 사람은 자기의 오감을 잘 관리한 사람이다. 예가 아니면 보지 말고 예가 아니면 듣지 말고 예가 아니면 말하지 말라고 가르친 옛 성현이 교훈이 지금도 지당하다고 여겨진다.

내가 먹은 것, 보고 들은 모든 것들이 내 안에서 융합되어 '나'를 형성해감을 생각할 때, 요즘 유해요소들로 위협당하는 먹을거리와, 인터넷, TV, 비디오, 영화, 만화 등의 홍수 속에 자라나는 세대 앞에서 수수방관(袖手傍觀) 이전에 속수무책(束手無策)의 역부족(力不足)을 느낀다.

인간의 악한 본성에 영합하여 만들어져야 상품성이 있는 게 현실이다. 판단 능력, 선택 능력이 형성되지 않은 어린 시절부터, 자연스럽게 접하게 되는 어른들의 문화로부터 무방비 상태에 있는 어린 영혼들은 어쩌면 어른들이 흥행을 위해 만들어 낸 문화와 문명이란 이름의 희생양들인지도 모른다.

하루가 다르게 발전해가는 초고속성장 시대에 태어난 혜택을 누리고 있는 것처럼 보일 수 있지만, 지금 그들은 그 문화와 문명의 충격으로 마음의 어딘가에 멍이 들고 염증이 생긴 환자가 되어 있는지 모른다. 역부족을 느끼는 속수무책의 어른들 곁에서….

  몸이 아프면 병원과 약국을 찾으면 되지만, 마음의 어딘가가 아플 때는 어디로 가야하나.

- 2008. 11. 25. -

교사에게 희망을

　이제는 오래된 일이라 몇 년도였는지 그 아이들이 몇 살이 되었는지 가늠하기 조차 어렵지만 기억만은 생생하다. 고입 연합고사가 폐지되고 내신만으로 고입전형을 하기로 확정 발표가 되었을 때 마음이 먼저 편해졌다.

　3학년이 된 긴장감 속에 중학생활 세 바퀴 중 마지막 바퀴를 잘 완주하겠다는 학생들의 비장한 각오와 그들을 고등학교의 문턱까지 잘 이끌어주겠다는 교사들의 샘솟는 의욕으로 시작된 3월부터, 연합고사가 끝나기까지 계속 되는 긴장감과 시간이 지날수록 뒤처지는 아이들, 힘들어 하는 아이들과의 고된 생활에서 벗어

날 수 있다는 안도감이었을 것이다.

내신 전형이 되면서 마음을 편하게 한 것이 또 있다. 가르치는 내용에 대한 부담감이 줄었다. 연합고사를 볼 때는 가르친 내용을 3년 뒤 2년 뒤까지 학생들이 알고 있어야 된다는 부담감이 있었는데 그런 부담감이 사라졌다. 그래서 연합고사를 폐지한 것이 참 잘된 일인 줄 알았다.

그런데 고입 내신 전형이 시작되는 중1 담임이 되어 첫 학부모회에 온 자모들과 이야기를 주고받으며 뒤통수를 크게 얻어맞았다. 중학교에 입학하면서부터 대부분의 아이들이 학원수강을 한다는 것이었다. 왜 그러느냐고 했더니 처음 시험부터가 고입시험인데 어떻게 학원에 보내지 않을 수 있느냐는 것이었다. 다른 집 아이가 학원에 다니는데 우리집 아이만 보내지 않으면 그만큼 뒤떨어질 것이 아니냐는 것이다. 선생님이 그것도 모르고 있었느냐고 어조가 격했다. 새로운 제도에 대한 기대와 환상이 깨어지는 순간이었다.

그 해 그 학년부터였다. 수업분위기가 어수선했다. 집중이 잘 안 되었다. 가르치는 일이 힘들다고 느끼기 시작한 해였다. 그 당시는 그 이유를 몰랐다. 단지 내가 이런저런 능력이 부족해서일거라고만 생각했다.

　그러나 나중에 알았다. 대부분의 아이들이 학원에서 미리 배우고 수업 시간에 앉아 있으니 안 들어도 되는 수업시간이 되어 버린 것이다. 방과 후 늦은 밤까지 학원 생활을 하니 수면부족 체력저하로 인한 의욕부족 정서 불안의 상태가 학교 생활을 불안정하게 했고, 체벌금지와 아우러져 무기력해져간 학교교육은 자연스럽게 공교육 붕괴라는 말을 낳게 되었고 교사들은 우울해져갔다.

　내가 중학생일 때, 한문이 어려우니까, 우리글이 아니니까 폐지해야 된다는, 목소리 큰 몇몇 사람들의 주장이 득세하여 한문이 교과서에서 교과목에서 사라졌다. 그 당시는 어려운 한문을 공부하지 않는 것이 행복하게 느껴지기도 했지만 지나고 보니 그래서는 안 되는 거였다. 그래서 지금은 초등학생들도 배우고 아는 한자를 모르는, 못 읽는 글은 없어도 의미는 제대로 이해 못하는 자신감 없는 세대가 되었다. 제도에 의한 희생양이 된 것이다.

교사 중심, 어른 중심으로 교육을 생각해선 안 된다. 아이들 중심 학생 중심으로 교육을 생각해야 한다. 어느 것이 진정 아이들을 위하는 것인지 긴 안목으로 살피고 신중하게 목소리를 내야 한다. 아이들의 학습 부담을 줄여주고 더 자유롭게 더 편하게 해 주는 것만이 그래서 그들이 지금 행복하다고 느끼게 해 주는 것만이 능사가 아니다. 오히려 한 계단 한 계단 올라가는 인내와 끈기의 맛을 가르쳐 주어야 한다. 때가 되면 정상에 올라 등줄기로 흐르는 땀도 잊은 채 탁 트인 시야로 사방을 바라보며 '야호'를 외칠 수 있도록 이끌어 주는 것이 교육이고 교사의 사명이다.

- 2008. 12. 28. -